Paul Éluard
Man Ray

Les Mains libres

Dossier réalisé par
Henri Scepi

Lecture d'image par
Juliette Bertron

folioplus
classiques

Henri Scepi est professeur de littérature française du XIXe siècle à l'université de Sorbonne Nouvelle - Paris 3. Spécialiste de la poésie, il a publié plusieurs essais sur Jules Laforgue, Lautréamont, Nerval et Stéphane Mallarmé. Il s'intéresse également au roman moderne et a publié, dans la collection « Foliothèque » aux Éditions Gallimard, des études sur *Les Misérables* de Victor Hugo (2009, n° 161) et *Thérèse Raquin* d'Émile Zola (2010, n° 175). Dans la collection « Folioplus classiques », il a accompagné la lecture de *Gaspard de la Nuit* d'Aloysius Bertrand (2011, n° 207), de *Bérénice* de Racine (2012, n° 228) et du *Spleen de Paris* de Baudelaire (2013, n° 242). Il a participé à l'ouvrage collectif *L'Art pris au mot* (Gallimard, 2007).

Juliette Bertron est doctorante en histoire de l'art à l'université de Bourgogne, elle travaille sur la parodie dans l'art du XXe siècle et l'art actuel.

Sommaire

Les Mains libres

Dessins de Man Ray illustrés par
les Poèmes de Paul Éluard

man Ray 1917

Le papier, nuit blanche. Et les plages désertes des yeux du rêveur. Le cœur tremble.

Le dessin de Man Ray : toujours le désir, non le besoin. Pas un duvet, pas un nuage, mais des ailes, des dents, des griffes.

Il y a autant de merveilles dans un verre de vin que dans le fond de la mer. Il y a plus de merveilles dans une main tendue, avide que dans tout ce qui nous sépare de ce que nous aimons. Ne *laissons pas perfectionner,* embellir *ce qu'on nous* oppose.

Une bouche autour de laquelle la terre tourne.

Man Ray dessine pour être aimé.

P. É.

I

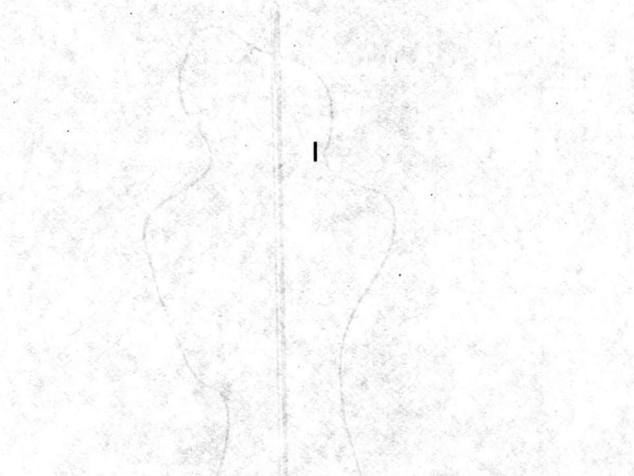

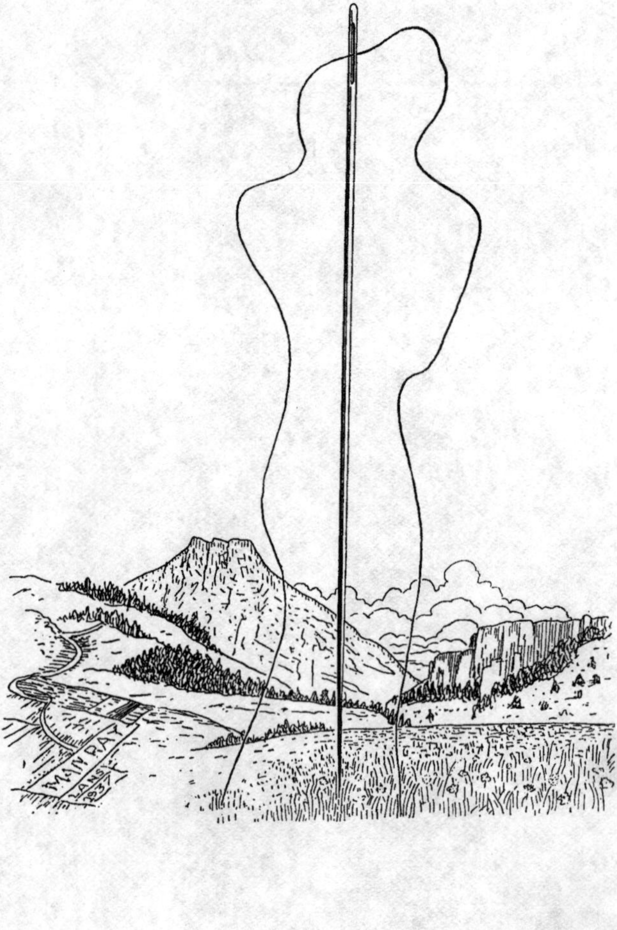
MAN RAY
LANS
1937

FIL ET AIGUILLE

Sans fin donner naissance
À des passions sans corps
À des étoiles mortes
Qui endeuillent la vue.

LA TOILE BLANCHE

La faim le froid la solitude
Qui se méfient des asiles

Du blé fiévreux des morts.

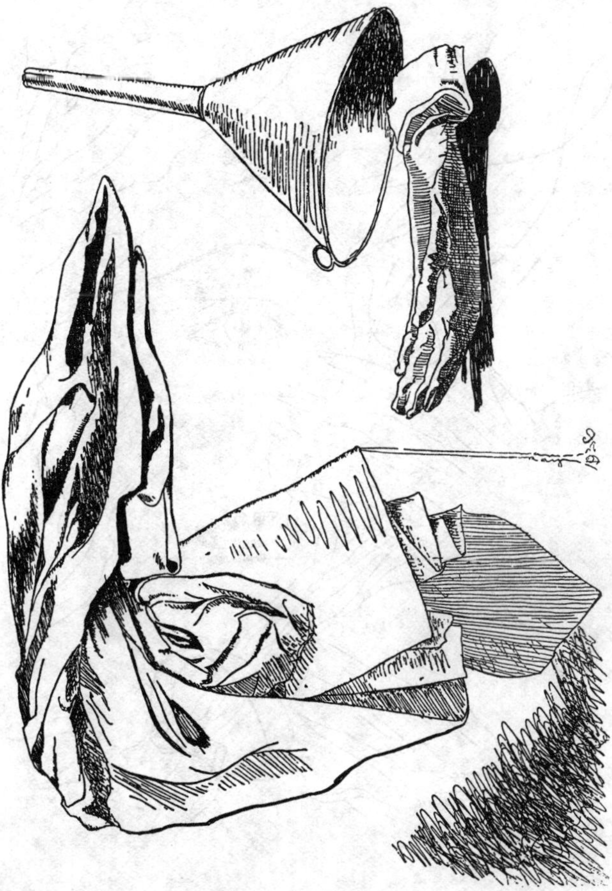

l'evidence
man Ray
Dec. 6 1936

L'ÉVIDENCE

L'homme la plante le jet d'eau
Les flammes calmes certaines bêtes
Et l'impliable oiseau de nuit
Joignent tes yeux

Ils sont debout

Toi tu gardes ton équilibre
Malgré les mains malgré les branches
Malgré la fumée et les ailes
Malgré le désordre et ton lit.

CHÂTEAU ABANDONNÉ

La langue partit la première
Puis ce fut au tour des fenêtres

Il n'y eut plus que mort fondée
Sur le silence et sur l'obscurité.

1936

Man Ray
1936 I

LE DÉSIR

Jeunesse du fauve
Bonheur en sang
Dans un bassin de lait.

C'EST ELLE

Sur cette étoile de gazon c'est elle
C'est elle dans cette maison déserte
C'est elle dans cette rue sombre
C'est elle sur ce monument
C'est elle parmi ces sauvages
C'est elle sur ce sein mendiant
C'est elle dans la neige là

Toujours derrière un mur
Comme au fond d'un ravin.

C'est elle
11 12 37

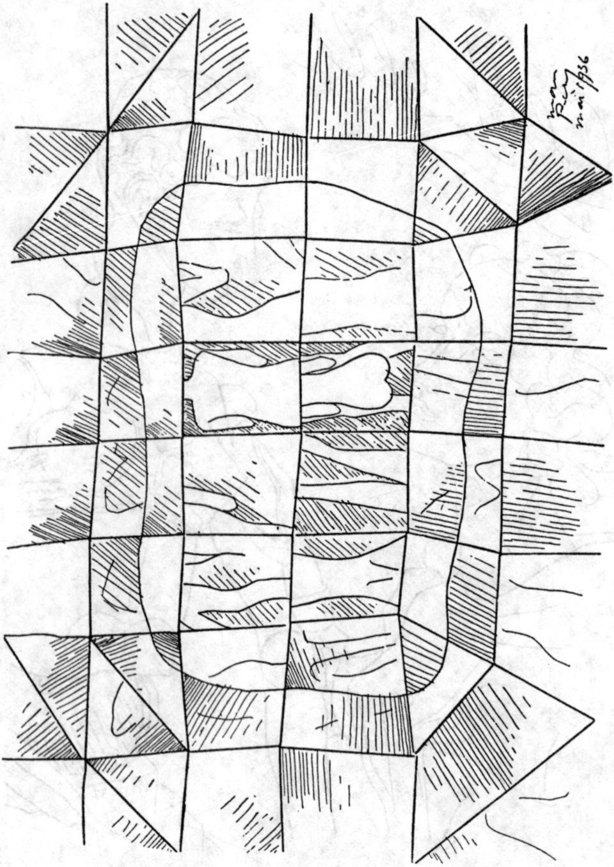
man Ray
mai 1936

LA GLACE CASSÉE

Le vent est à la barre
L'horizon vertical
Verse le ciel dans ta main maladroite.

LE DON

Elle est noyau figue pensée
Elle est le plein soleil sous mes paupières closes
Et la chaleur brillante dans mes mains tendues

Elle est la fille noire et son sang fait la roue
Dans la nuit d'un feu mûr.

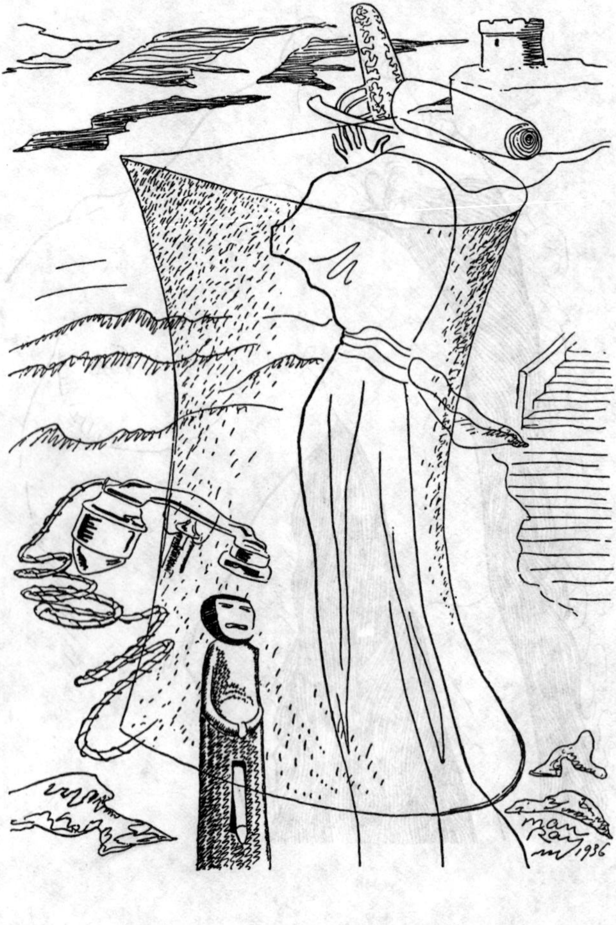
man Ray 1936

OBJETS

Dans cette chambre que j'habite
J'assemble tous les paysages
J'entre au bois diamant
Le ciel est un aveu.

LA LECTURE

Au centre de Paris
La pudeur rêvassait

Le bouquet du ciel sans nuages
Dans un vase de maisons noires

Quand elle n'a pas le temps
Elle n'en est que plus belle

On n'en finit pas d'apprendre
Le ciel ferme la fenêtre
Le soleil cache le plafond.

1937

L'AVENTURE

Prends garde c'est l'instant où se rompent les digues
C'est l'instant échappé aux processions du temps
Où l'on joue une aurore contre une naissance

Bats la campagne
Comme un éclair

Répands tes mains
Sur un visage sans raison
Connais ce qui n'est pas à ton image
Doute de toi
Connais la terre de ton cœur
Que germe le feu qui te brûle

Que fleurisse ton œil
Lumière.

L'ANGOISSE ET L'INQUIÉTUDE

Purifier raréfier stériliser détruire
Semer multiplier alimenter détruire.

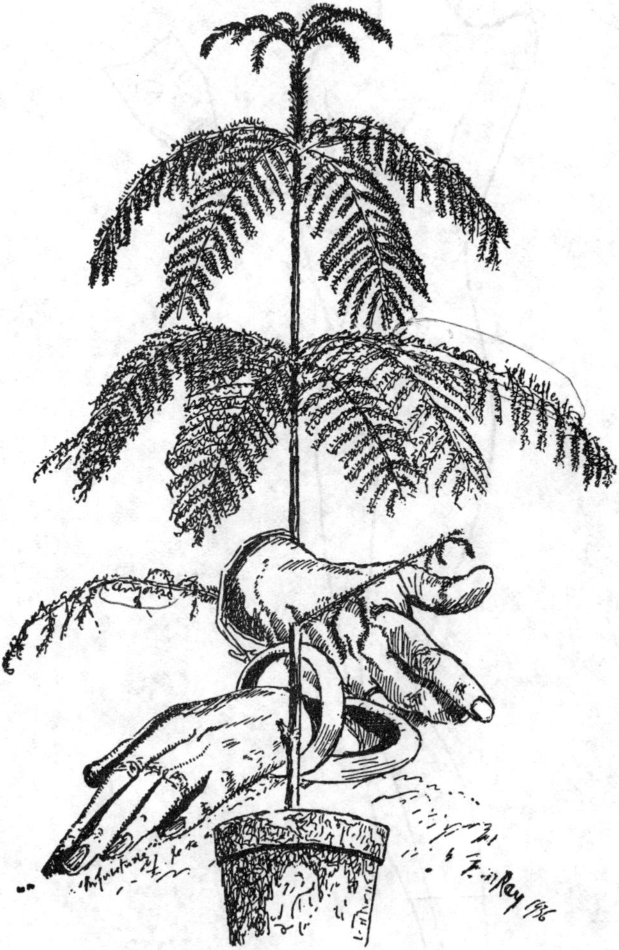

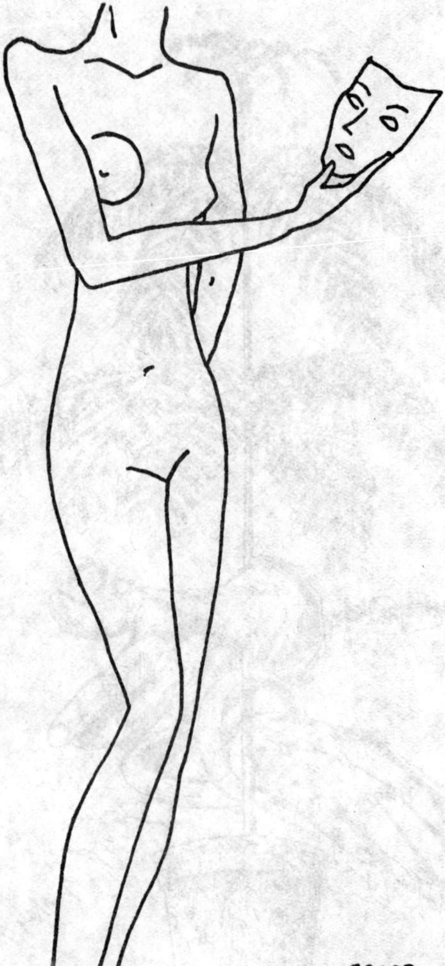
MIR
1936

NARCISSE

Masque de poix
N'être que soi
Guide égaré.

LES TOURS DU SILENCE

Ils battent les pierres
Ils voudraient avoir une ombre
Ils voudraient avoir un corps
Ils ne sont ni jour ni nuit
Ils sont aux mains de l'espace

Encore une chute de clarté
Et les pierres seront soleil.

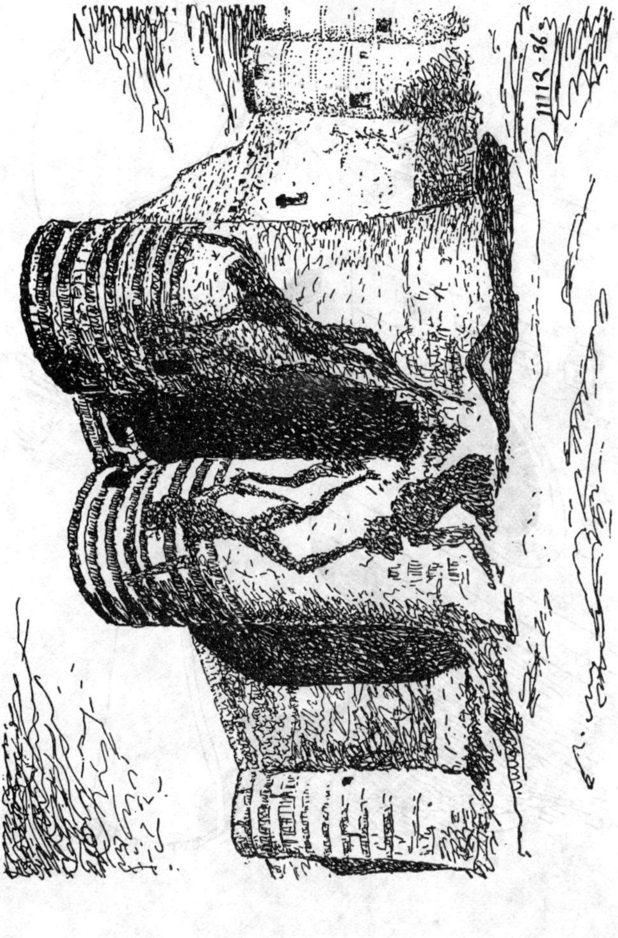

3
September
1936

J.

Elle se forge son travail
Avec des métaux indolents.

LES MAINS LIBRES

Cette averse est un feu de paille
La chaleur va l'étouffer.

11112-36

man Ray
Cornwall 1937

L'ARBRE-ROSE

L'année est bonne la terre enfle
Le ciel déborde dans les champs
Sur l'herbe courbe comme un ventre
La rosée brûle de fleurir.

LES SENS

Dévêtue et le front pur
Tu t'abats comme une hache
Étincelante et d'un poids
À faire se lever le plomb

Entends le rubis éclore
La turquoise se faner
Ta bouche séduit ton visage
Et ton corps peut venir
Battant comme un cœur.

MMR
1936

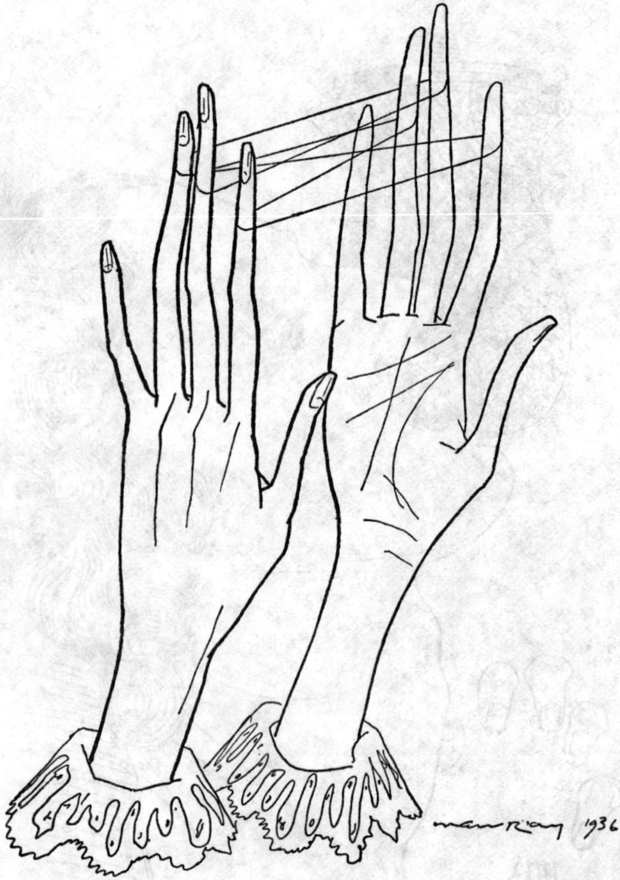

SOLITAIRE

J'aurais pu vivre sans toi
Vivre seul

Qui parle
Qui peut vivre seul
Sans toi
Qui

Être en dépit de tout
Être en dépit de soi

La nuit est avancée

Comme un bloc de cristal
Je me mêle à la nuit.

BURLESQUE

Fille de glace donne-moi
Confiance en moi.

Burlesque
man Ray. N.Y. 1936

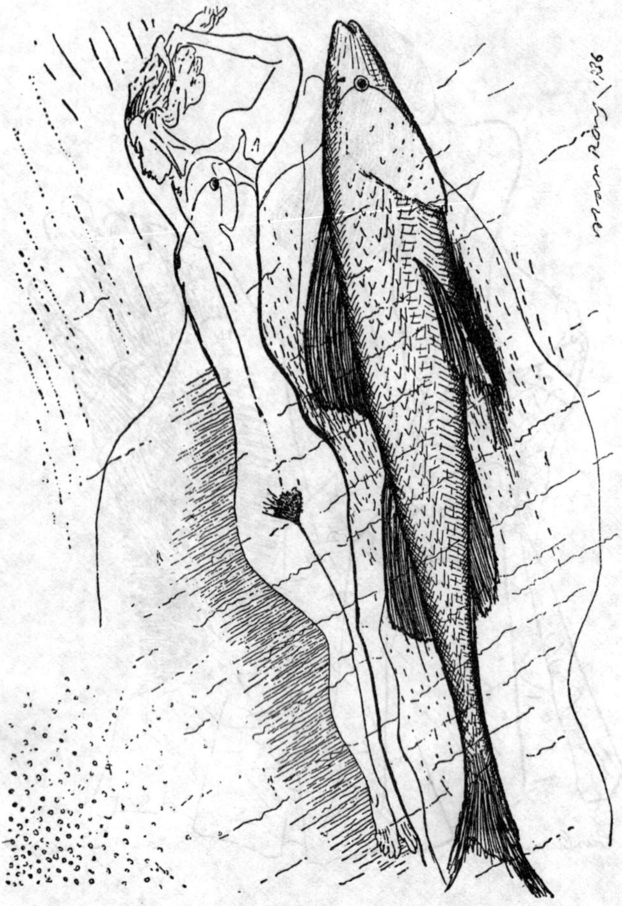

LA FEMME ET SON POISSON

La vierge et son grillon le lustre et son écume
La bouche et sa couleur la voix et sa couronne.

MAIN ET FRUITS

Où sont la mûre et la prunelle
Lime varech âpres délices
Et l'enfance qui sait errer
Sur des épines plus petites
Que le bois ramassé pour rien
Où sont les noix
Dont on ne casse pas la coque
Où est la bête au manteau froid
La lie de la mort des fruits
Qui fertilisera les nèfles

Un vent très doux
S'affale sur les fleurs trop mûres
Azure le sein du cassis
S'enivre de l'odeur des coings

Est-ce la transparente mue
Qui déçoit les voleurs dans l'arbre
Va-t-on donner son sang pour rire

Le rêve manger l'immangeable
Sortir fier d'un palais penaud.

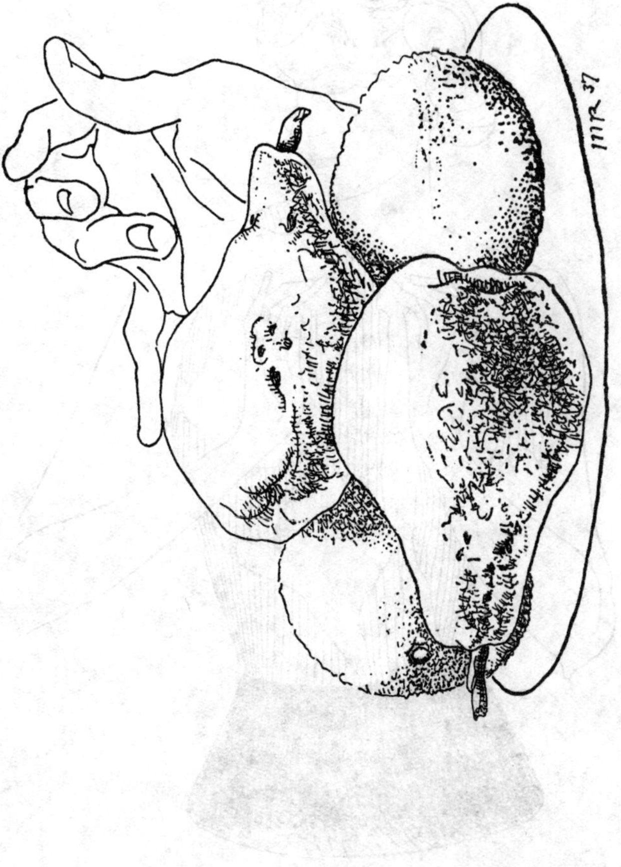

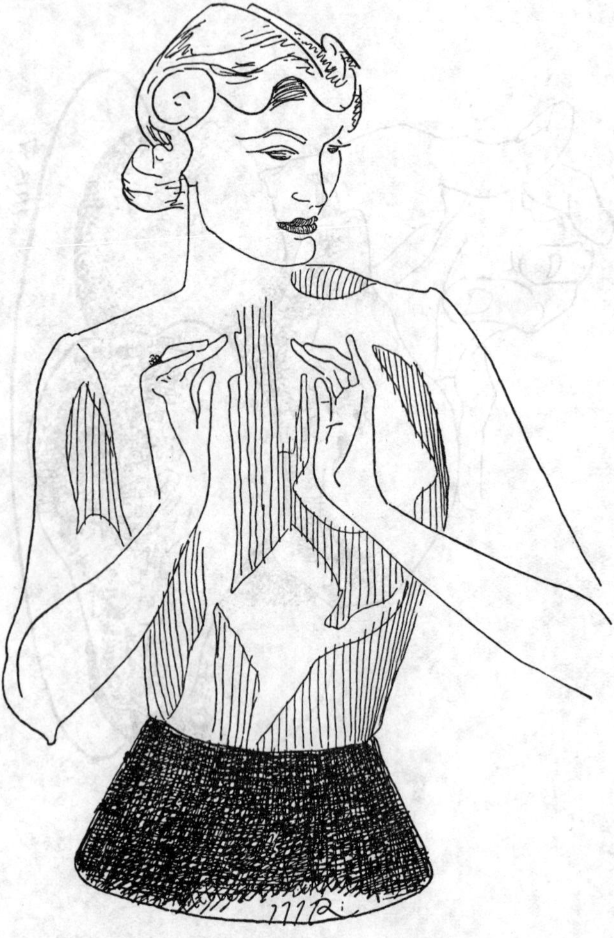

LE MANNEQUIN

Unique guirlande tendue
D'un bord à l'autre de l'enfance
Petit pont de perfection
Premier amour de l'écolier
Suppression des distances.

LES YEUX STÉRILES

Elle est comme un bourgeon
L'espace de la flamme
Candide elle a l'arôme
D'amoureux enlacés.

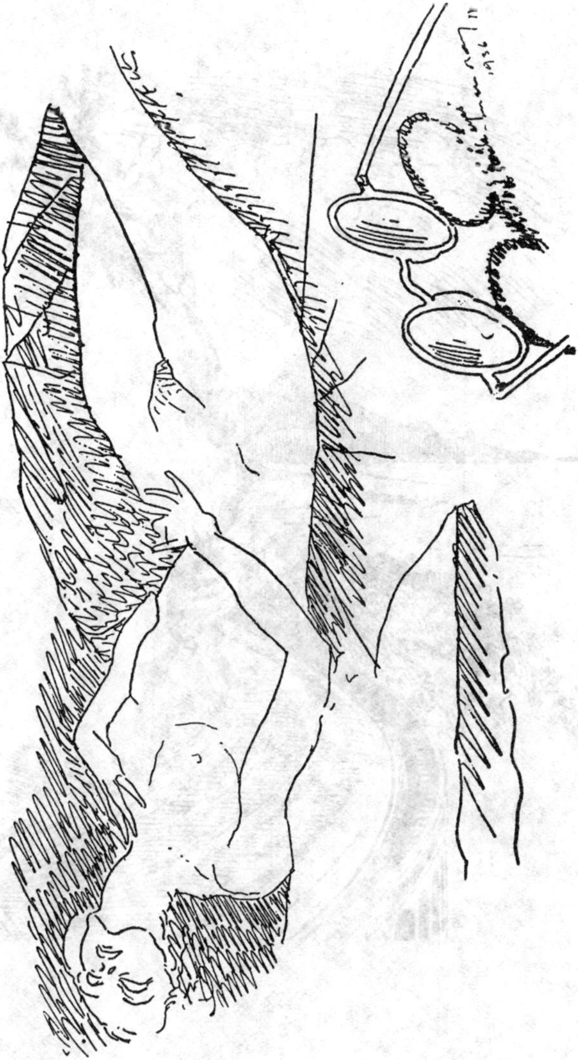

Man Ray
1936

LE TOURNANT

J'espère
Ce qui m'est interdit.

NU

Prends garde on va te prendre ton manteau
Ton lit le tuteur de tes nuits
Ton manteau et ton lit
Tes prairies blondes et la lueur
Des lèvres que tu aimes
On va t'enlever cette assurance ces ressources
Qui te donnent des ailes
Immobiles

Même tes belles larmes.

*

Au pays des figures humaines
On s'apprête à briser ta statue ridicule.

man Ray 1937

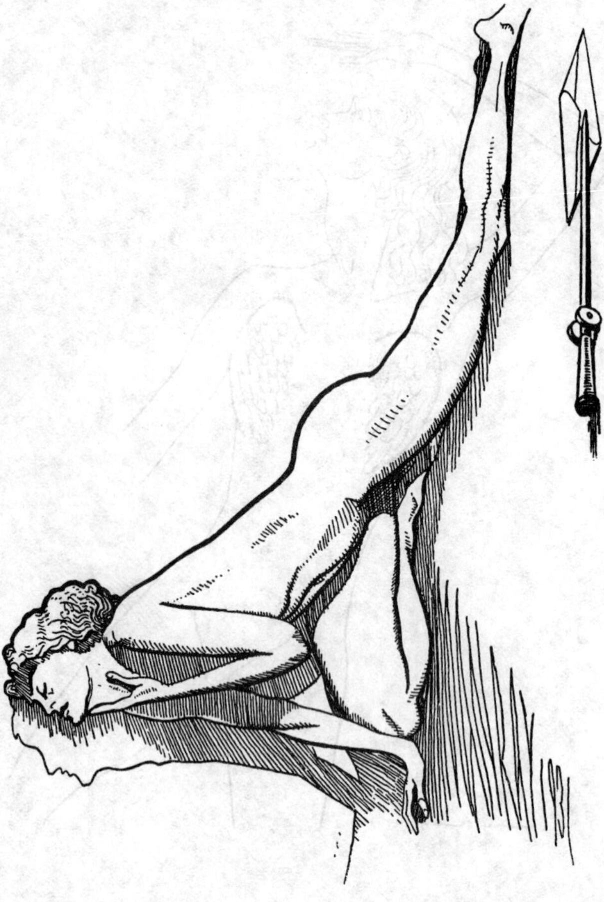

LA MORT INUTILE

Mauvaise tu ne m'as donné
Qu'une plus grande ignorance
De la vie des autres

Je ressemble de moins en moins
À mes victimes.

POUVOIR

Il la saisit au vol
L'empoigne par le milieu du corps
La ceinturant de ses doigts robustes
Il la réduit à l'impuissance

Vertige la main dominante
Couvre toutes les distances
Sans plus bouger que sa proie.

man ray 1937

man Ray 1937

BELLE MAIN

Ce soleil qui gémit dans mon passé
N'a pas franchi le seuil
De ma main de tes mains campagne
Où renaissaient toujours
L'herbe les fleurs des promenades
Les yeux toutes leurs heures
On s'est promis des paradis et des tempêtes
Notre image a gardé nos songes

Ce soleil qui supporte la jeunesse ancienne
Ne vieillit pas il est intolérable
Il me masque l'azur profond comme un tombeau
Qu'il me faut inventer
Passionnément
Avec des mots.

LA LIBERTÉ

Liberté ô vertige et tranquilles pieds nus
Liberté plus légère plus simple
Que le printemps sublime aux limpides pudeurs.

II

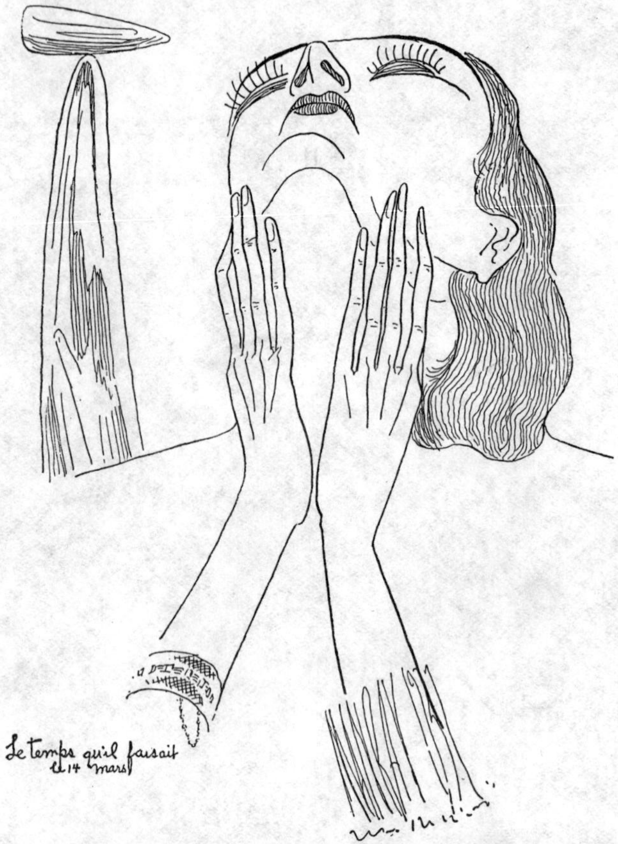
Le temps quil faisait le 14 mars

LE TEMPS QU'IL FAISAIT LE 14 MARS

Enjôleur d'enfants et charmeur d'oiseaux
J'attends la venue du printemps

La terre est timide et fraîche
Les aiguilles de midi
Cousent la traîne du matin

Je me vois moi ma jeunesse
Parmi les couleurs volatiles
Des premières végétations

Sur les rivages de verdure
Où l'eau devient de la lumière.

LE SABLIER COMPTE-FILS

La rose le cœur dans un champ
De fleurs de givre

La lampe qui boit la lumière

L'autre jour celui-ci
Le fond d'un verre

De belles variétés de jour
Cultivent ce monde durable.

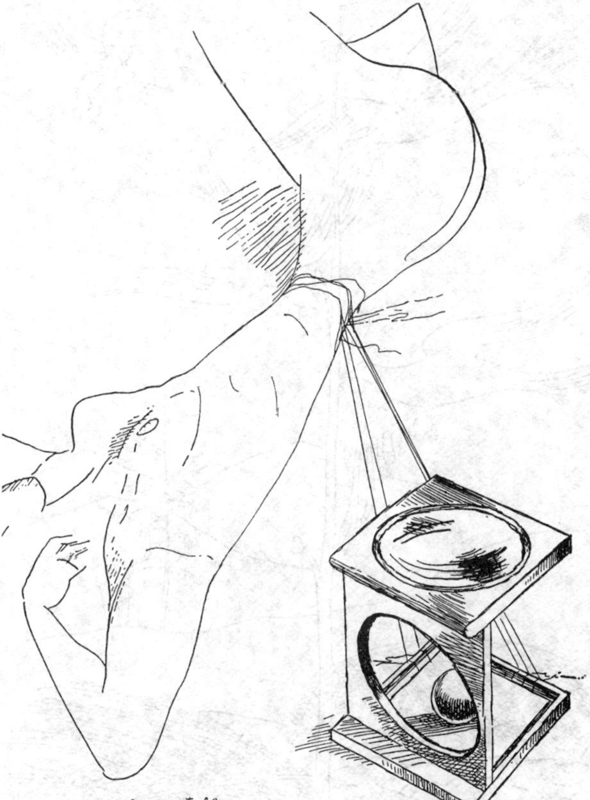

le sablier-compte-fils   Man Ray 1936

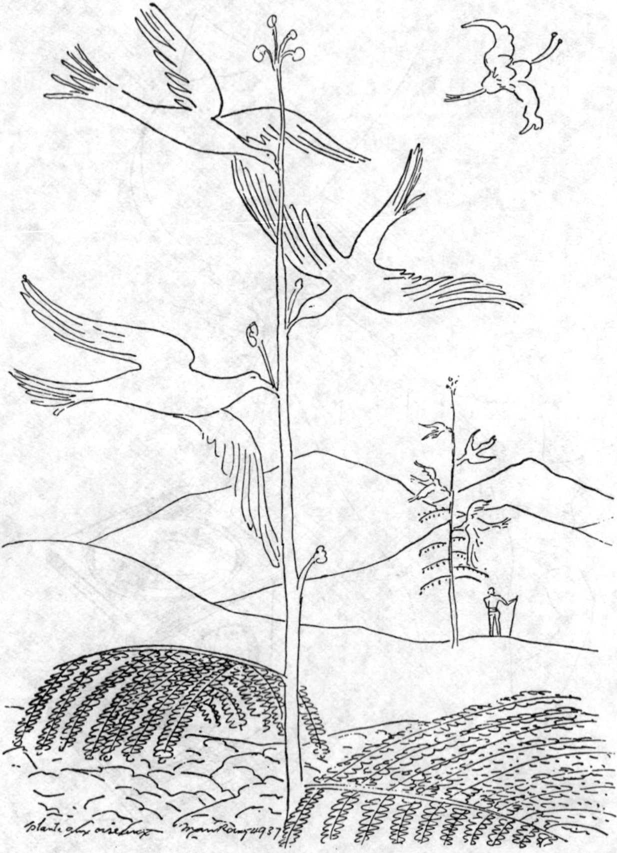
plante aux oiseaux
Man Ray 1937

PLANTE-AUX-OISEAUX

Le vent ne te fait pas peur
Garde le mouvement secret
De la chute impérieuse au moment du déclin
Et ta première plume du premier jour clair

Toi-même voix menue tu rirais de t'entendre
Siffler, les brins d'herbe cueillir
L'élan de la graine de force
L'élan de l'arbre muet qui tient tête à la terre.

RÊVE

Petit jour
Je rentre

La tour Eiffel est penchée
Les ponts tordus
Tous les signaux crevés

Dans ma maison en ruine
Chez moi
Plus un livre

Je me déshabille.

man Ray

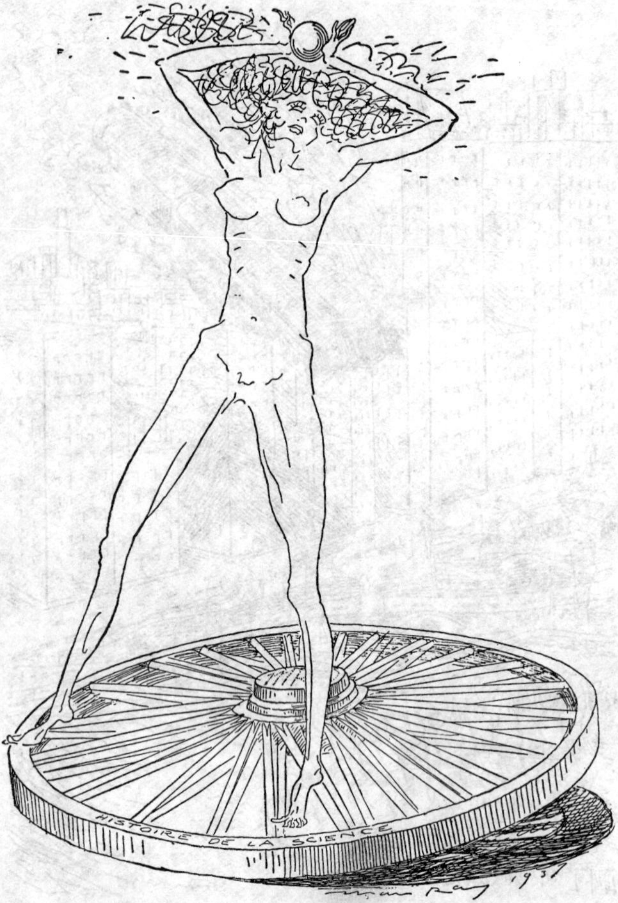
HISTOIRE DE LA SCIENCE

HISTOIRE DE LA SCIENCE

Tu redoutes les hommes
Méfie-toi du feu

Tu renaîtras à l'horizon

Que tes mains te délient

Ton œil s'arrête sur les choses
Ton cœur s'arrête avec toutes les montres

Invente perpétuellement le feu
L'air la terre et l'eau
Sont des enfants.

LA PLAGE

Tous devaient l'un à l'autre une nudité tendre
De ciel et d'eau d'air et de sable
Tous oubliaient leur apparence
Et qu'ils s'étaient promis de ne rien voir qu'eux-mêmes.

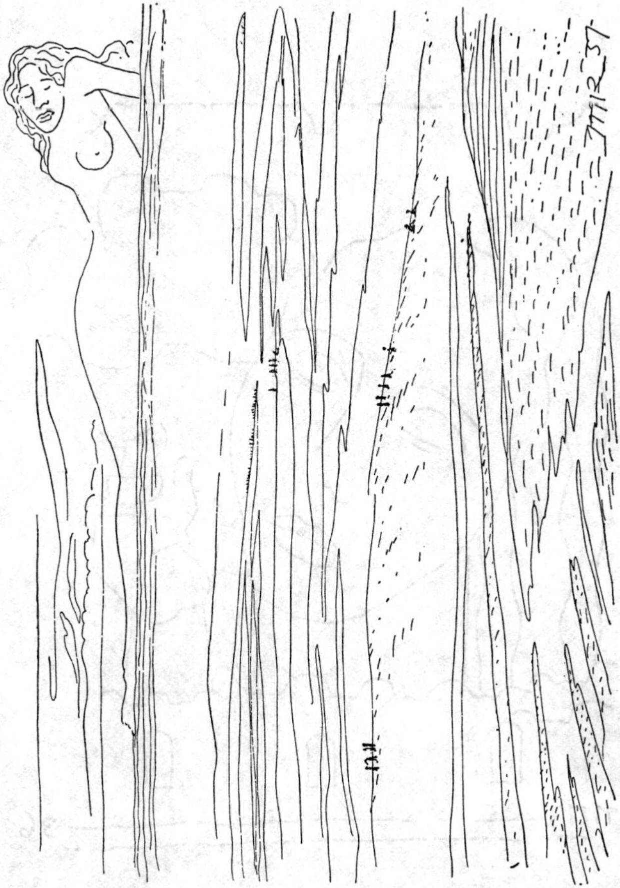

11112
36

AVIGNON

Le calendrier aboli
Nous fûmes seuls au rendez-vous.

AVIGNON

Nous ne sommes restés qu'un moment à Avignon
Nous avions hâte d'arriver à l'Isle-sur-Sorgue
Où René Char nous attendait.

PARANOÏA

En vue des côtes
Entendu parler de certains poissons
Voisins de la terre

Quittons la mer
Accrochons-nous au mouvement
Des rives fermes

Le fleuve descend comme un œuf
Et nous sommes les oiseaux.

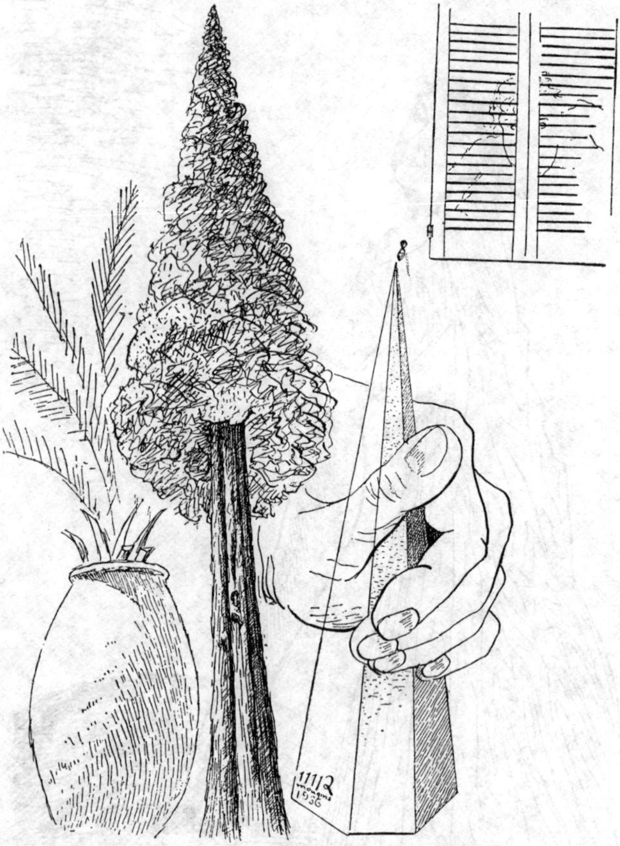

L'ESPION

L'arc pâle tendu de tes yeux fermés
Menace un univers de bronze
L'épaisseur de la vue.

L'ATTENTE

Je n'ai jamais tenu sa tête dans mes mains.

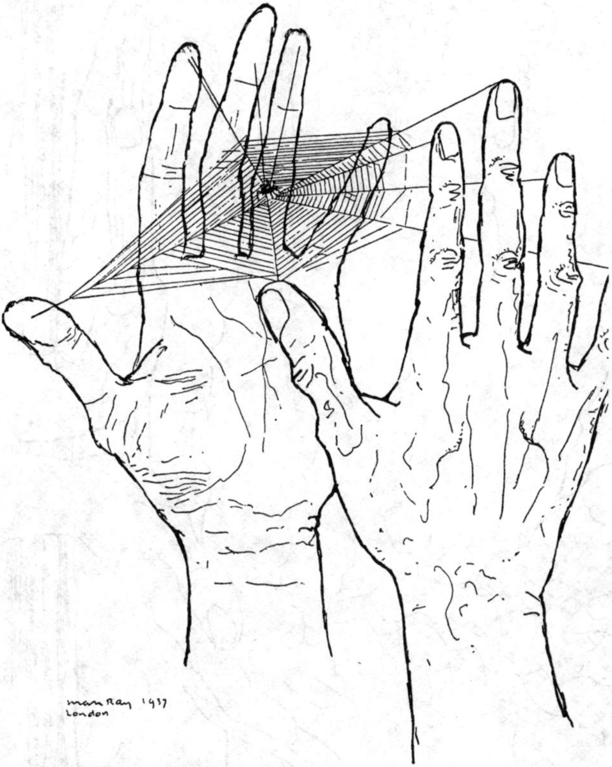
man Ray 1937
London

DES NUAGES DANS LES MAINS

Ce désespoir confus
Source impalpable nuit de pluie
Loin des feuilles naissantes
Loin des larmes salubres
Ce dédain de l'orient
Ce paradis livide
Cette marche en arrière
Incrédule exténuée
Vers quelques souvenirs

Le remède miracle accord cadeau confiance.

LE CHÂTEAU D'IF

Belle voix grande maison
Aux échos décorés
De toiles d'araignée.

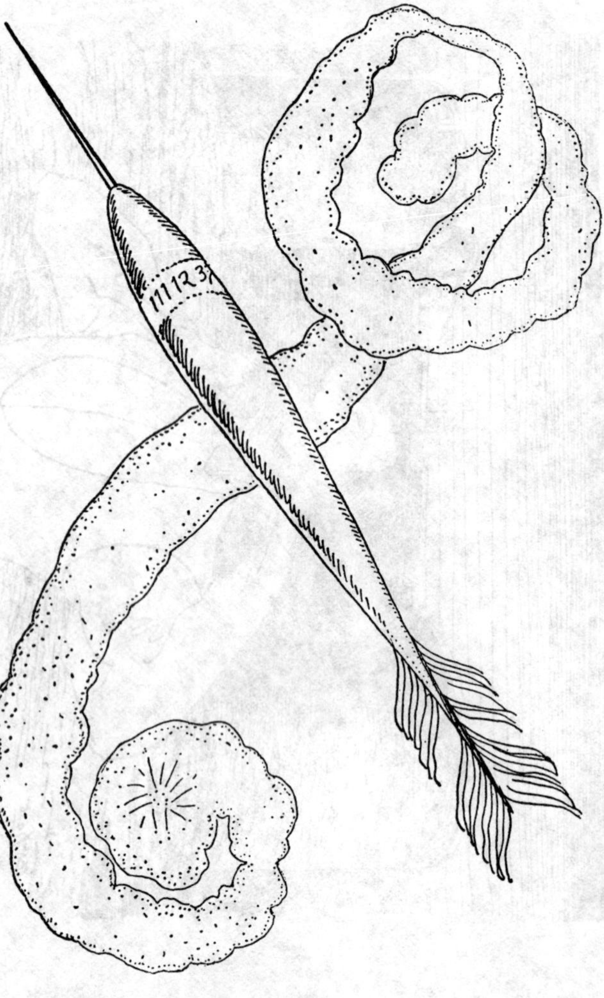

OUI OU NON

Dessine le sort
Un trait d'acier sincère
Un trait filant droit
Sur des routes nouvelles

Regarde tes sœurs
Prêtes à recevoir
Les bijoux tournoyants de la rébellion
De tes refus
De ta force future

Elles écoutent quand tu te tais
Les grandes orgues de la raison.

LA MARSEILLAISE

La clé de voûte ce silence
Pendant qu'elle ouvre son corsage

Pendant qu'elle passe à travers
Les roseaux de ses bras

Païenne éperdue de tendresse

Ceux qu'elle cherche
Ont tout au plus
La conscience égoïste
D'un menu gibier de prison.

l'apparition
man
Ray
1937

L'APPARITION

Après une apostrophe et un galop pour rire
Le cavalier brisé perd conscience
Mille engins pleins de vie
Commencent une chanson
Étonnante

Au premier pas dehors
Tempête de lilas
Et la maison s'écroule
Pyramide d'un cri
L'écho détruit

Pour se bâtir un soleil
Un corps des flammes persistantes
Il n'a pas tout son cœur

J'ai si souvent senti que j'étais partagé
Femme habillée et mâle dépouillé
Que je ne sais si j'aime ou si je suis aimé.

LA PEUR

Fourrure rouge
Au seuil friand de l'animal
La proie s'affole

Pont brûlé
Bras faible
Bâton brisé

Chevelure pleine de terre
Menace insupportable
Tombe meurtrière

Le visage s'ouvre
Il laisse voir une femme qui s'ennuie.

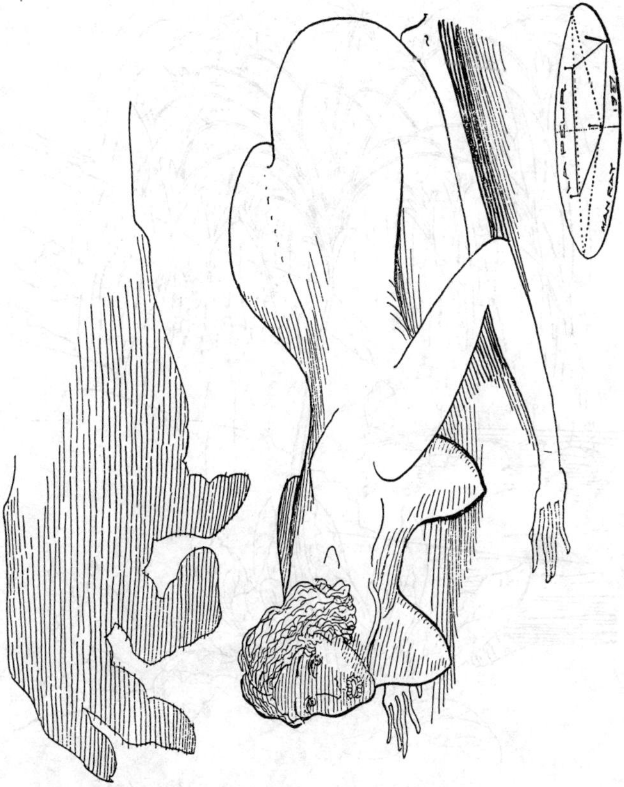
LA PEUR
1937
MAN RAY

FEU D'ARTIFICE

La nue fantastique est d'ici
Où ne s'effacent pas les ombres.

BROSSE À CHEVEUX

L'affiche disait méfiez-vous
Des teintures idéales

Et l'on allait répétant
Prenez exemple sur moi

Avec des rires entre les dents.

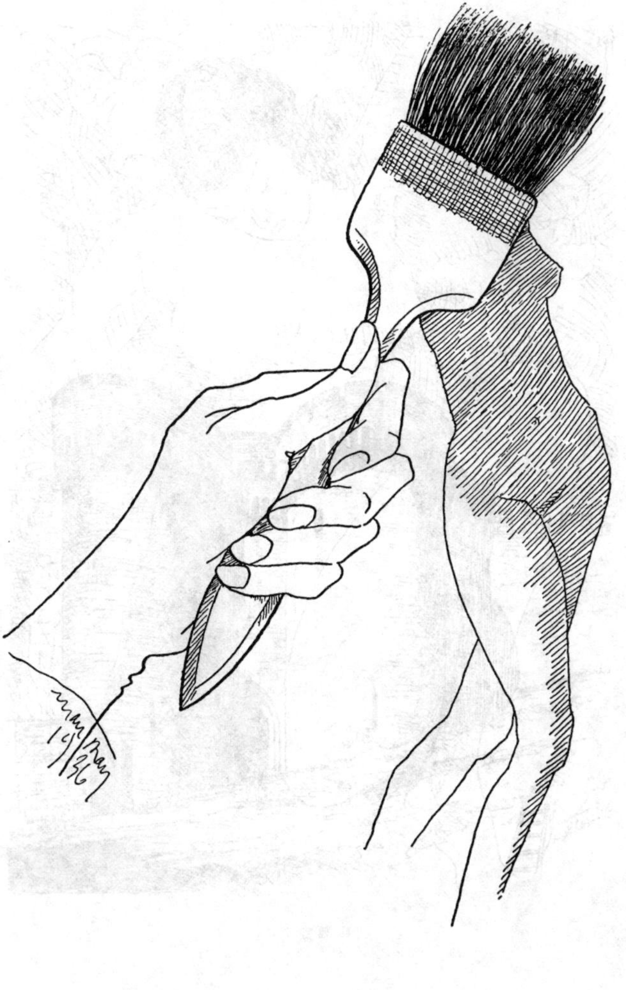

Man Ray
Saint-Raphaël
1936

LES TOURS D'ÉLIANE

Un espoir insensé
Fenêtre au fond d'une mine.

AU BAL TABARIN

Des mesures nouvelles
Et fausses
De poids de temps de couleurs de distances
Ne font qu'accroître un ordre invraisemblable

La source jaillit de la mer
La lumière du rideau noir
Et toi d'un rythme sans fin

As-tu fleurs et fruits en tête
Ou n'es-tu que leur reflet
Anémones mandarines
Lys pêches boutons d'or

Vêtue de pluie
Chaussée de terre
Coiffée de nuit
Garderais-tu cet éclat
Qui te bâillonne.

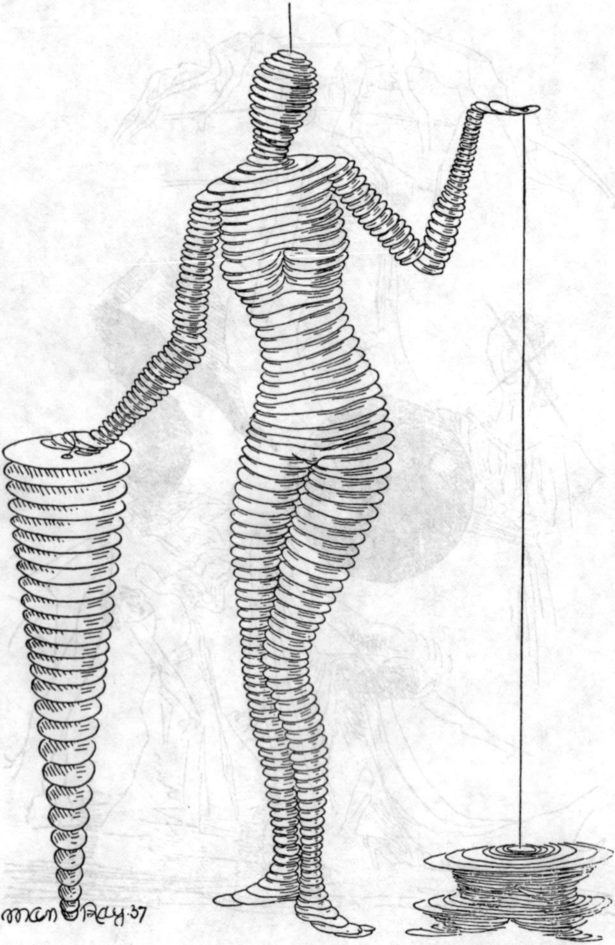
man Ray 37

FEMME PORTATIVE

D'un effet solennel dans la solitude

Terrestre dérision la femme
Quand son cœur est ailleurs

Si ce que j'aime m'est accordé
Je suis sauvé

Si ce que j'aime se retranche
S'anéantit
Je suis perdu

Je n'aime pas mes rêves mais je les raconte
Et j'aime ceux des autres quand on me les montre.

LA COUTURE

Mots faits de chiffres
Appel de chiffres clameur d'or

Collection des bonheurs des goûts et des couleurs
Pour une exposition de chiens
Domestiqués couchants ergotés enragés.

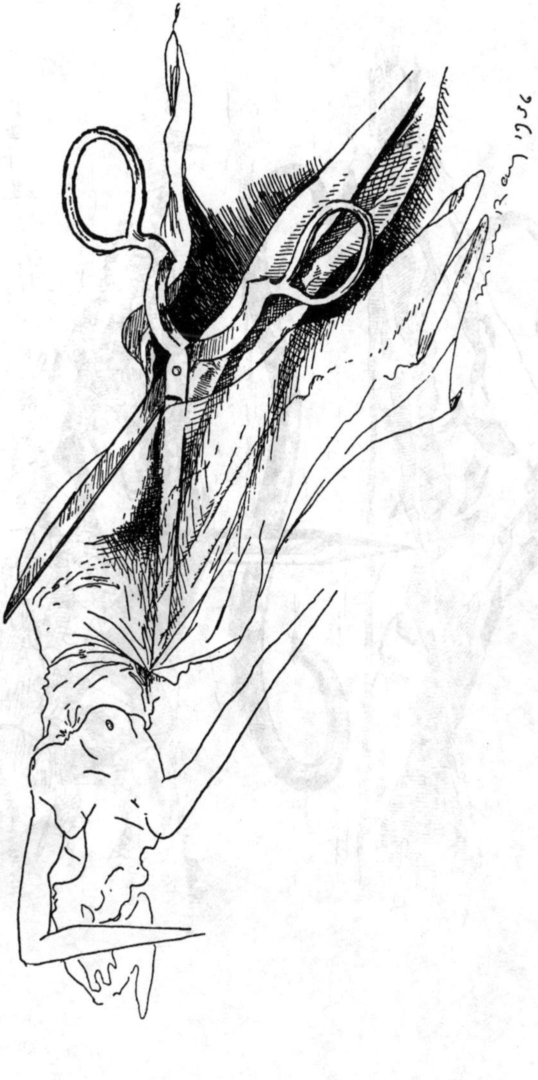
Man Ray 1936

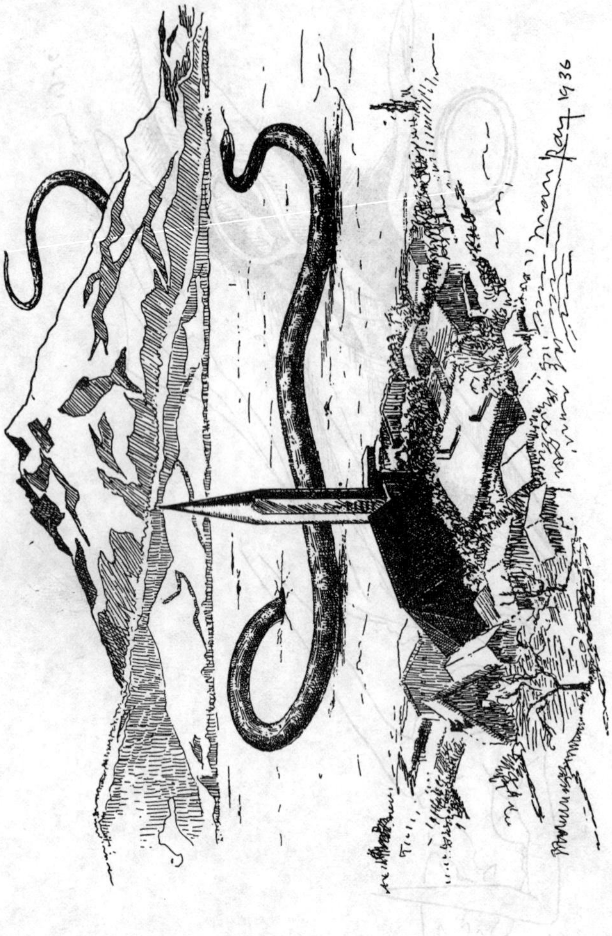
Man Ray 1936

OÙ SE FABRIQUENT LES CRAYONS

La dernière l'hirondelle
À tresser une corbeille
Pour retenir la lumière
La dernière à dessiner
Cet œil déserté

Dans la paume du village
Le soir vient manger les graines
Du sommeil animal

Bonne nuit à la pensée

Et j'appelle le silence
Par son plus petit nom.

LES AMIS

Entre la porte et le sommeil de ceux qui, tout à l'heure, ne voulaient pas dormir — remâchaient un murmure plein de petits os, autant de mots de passe dans une veille fluide — un peuple dénaturé perpétue la présence humaine. Voici le liseron, la capucine, le volubilis, frais échappés d'un déjeuner de soleil, de beaux cuirs usés, des fourrures animées, des étoffes à reflet, des chaises, des outils actifs, justifiés, l'aspirine et le fer à friser, le miroir et le paysage en forme de carte à jouer.

Ceux qui dorment, chacun de leur côté, séparés par des murs immondes, verrouillés, intouchables, sont réunis par les images commodes que le monde extérieur leur a données d'eux-mêmes.

Les Amis
Man Ray

SADE

S.A.D.

On ne connaît aucun portrait du marquis de Sade, écrivain fantastique et révolutionnaire.

Presque entièrement écrite en prison, l'œuvre de Sade semble à jamais honnie et interdite. Son apparition au grand jour est au prix de la disparition d'un monde où la bêtise et la lâcheté entraînent toutes les misères.

man Ray 1936

PORTRAITS

La femme au bras cassé
Man Ray 1957

hommage a Nusch
man Ray 1937

à Picasso —
man Ray
XIXXXXVI

= Victoire Hugo "les misérables"

à Paul Eluard
Man Ray 1936

Man Ray 1936 n.y.

DÉTAIL

Table des poèmes

De la photographie au texte

Juliette Bertron

De la photographie au texte

Nusch Éluard et Sonia Mossé
de Man Ray

… *un climat d'une grande intimité…*

Deux femmes s'enlacent dans un geste d'une grande tendresse. L'espace environnant, plongé dans une zone floue, n'offre aucune indication contextuelle précise qui viendrait nous détourner de ce couple. Leurs apparences physiques sont très différentes, l'une est blonde et ronde, plus massive que l'autre au corps mince, au visage effilé et aux sourcils foncés. La femme de droite, les yeux baissés, tient sa compagne par l'épaule et incline sa tête pour coller sa joue contre son front. Sa chevelure épaisse et claire tombe en cascade et recouvre celle de son amie, ce qui donne l'impression que les deux figures se fondent en une seule. La femme de gauche, élégamment vêtue d'une veste en tweed et d'une chemise au col décoré par une broche, repose sa tête sur la poitrine de la femme blonde et relève le visage pour lui adresser un regard. Son corps est entièrement enveloppé par sa compagne, dont le cou, la tête, les cheveux puis la main tracent une ligne formant un cadre à l'intérieur du cadre. Cette photographie en noir et blanc, datée de 1936 et intitulée *Nusch Éluard et Sonia Mossé,* est l'œuvre de l'artiste Man Ray. Les petites dimensions de l'épreuve (13,3 × 9,3 cm), la mise au point ainsi que le cadrage resserré sur les figures qui occupent la quasi-totalité de l'espace concentrent notre attention sur ce duo clos sur lui-même. Ces choix signalent la volonté de l'artiste d'instaurer un climat d'une grande intimité.

Man Ray (1890-1976) occupe une place très importante dans l'histoire de l'art du XXe siècle, notamment pour sa participation à des mouvements dits d'avant-garde comme le dadaïsme et le surréalisme. Son travail n'est pas exclusivement consacré à la photographie, il est aussi peintre, dessinateur et créateur d'objets. Le dadaïsme comme le surréalisme favorisent cette interdisciplinarité, ces groupes accueillant en leur sein des artistes aux pratiques diverses. S'y côtoient des poètes, des peintres, des sculpteurs, des musiciens, des acteurs et des photographes dont l'unité réside dans une nouvelle conception de l'art plus que dans une ressemblance formelle entre les œuvres. Durant sa carrière d'artiste, Man Ray ne cesse d'enrichir mutuellement les différents matériaux dont il fait usage et ses œuvres se présentent comme un véritable ensemble habité d'un même esprit. Il affirme que la photographie a soulagé la peinture d'un travail pénible d'imitation du réel soucieux d'en rendre l'apparence avec exactitude, et que la photographie doit à son tour puiser dans la peinture pour gagner en créativité et en liberté. Son approche de plasticien l'amène ainsi à effectuer de grandes avancées dans le domaine photographique. Alors que de nombreux débats entourent la reconnaissance de cet outil comme art à part entière depuis son apparition au XIXe siècle, de nombreux artistes dont Man Ray achèvent de l'instaurer comme tel au début du XXe. Les années 1910 et 1920 voient, en effet, l'apparition d'un élargissement des possibles de la photographie qui s'émancipe peu à peu de ses fonctions de document, d'archive, d'instrument scientifique ou de témoignage, sans pour autant les exclure de son champ d'action.

... des pratiques de manipulation de l'image...

Le dadaïsme et le surréalisme vont, par exemple, mettre en avant des pratiques de manipulation de l'image comme le photomontage (collage, surimpression, etc.), la solarisation ou encore la technique du photogramme. Ces deux dernières vont être très utilisées par Man Ray et deviennent l'une de ses marques de fabrique. La solarisation, qui inverse partiellement ou totalement les valeurs du noir et blanc, confère aux œuvres un aspect d'étrangeté parfaitement approprié à l'esprit surréaliste qui recherche une beauté non traditionnelle, qui naît du mystérieux et du bizarre. Les images ainsi obtenues prennent une distance radicale avec le réel qu'elles enregistrent et semblent sorties d'un rêve, d'une vision intérieure. Quant au photogramme, qui est appelé « rayographe » ou « rayogramme » par Man Ray lorsqu'il redécouvre cette technique en 1921, c'est un cliché produit sans le recours à l'appareil photographique. Il s'agit de placer les objets dont on désire saisir l'empreinte sur ou devant une surface photosensible, qui est ensuite directement exposée à la lumière. L'artiste prête à cette technique une qualité émotive, l'objet laissant sa trace en négatif et apparaissant comme par magie.

Initialement, Man Ray aspire à être peintre. Il n'utilise alors la photographie que pour saisir une image reproductible de ses propres peintures et de celles d'autres artistes. Dans son autobiographie, intitulée *Autoportrait* (1964), l'artiste américain raconte qu'à partir de son arrivée à Paris, en 1921, il a l'idée de réaliser des portraits photographiques afin de gagner sa vie. Il découvre alors une véritable vocation, car, comme il l'affirme, il est surtout intéressé par « les gens, en particulier leurs visages ». Le portrait va dès lors prendre une place considérable dans sa pratique et il en a réalisé un très grand nombre au cours de sa vie. Il reçoit dans son atelier des personnalités célèbres, des acteurs, des gens du spectacle et de l'univers de la nuit parisienne, du milieu de la mode ou encore des riches mécènes, mais aussi ses amis artistes dadaïstes et surréalistes. L'artiste gagne bien vite en renommée, et poser devant son objectif devient presque un passage obligé pour qui veut faire parler de lui. Les clichés pris par Man Ray livrent un riche panorama de la vie parisienne de l'époque. On peut distinguer des portraits de commande qui le mettent à l'abri de la pauvreté, notamment pour des revues de mode, et des réalisations plus intimes.

… L'artiste a choisi de recadrer la photographie pour se concentrer sur les deux figures…

La photographie de *Nusch et Sonia* appartient à la seconde catégorie. Contrairement à la plupart des portraits pris par Man Ray, celui-ci n'a pas été réalisé dans l'espace intérieur de l'atelier. Si on distingue peu d'éléments dans le fond, on devine cependant qu'il ne s'agit pas d'une toile neutre disposée à l'arrière des deux femmes, mais d'un paysage. Cette pose en extérieur modifie bien évidemment l'atmosphère lumineuse dans laquelle baignent les deux figures et ajoute une grande douceur à l'image. Le cadrage resserré n'est pas une surprise chez Man Ray, qui l'affectionne tout particulièrement. Les planches contact — qui permettent de visualiser l'ensemble des poses d'une pellicule — ainsi que les négatifs qui ont été conservés nous renseignent sur les prises de vue originales. Ils nous montrent les deux femmes assises sur le rebord d'un petit muret dans un jardin devant une bâtisse. L'artiste a ensuite choisi de recadrer la photographie pour se concentrer sur les deux figures. Au moment du tirage, il a de plus utilisé un procédé qui plonge les visages dans un très léger flou (par exemple en filtrant la lumière avec du papier de soie). L'impression de douceur est ainsi privilégiée au détriment de la netteté, de la précision des détails.

Autant de choix qui confèrent à cette photographie une tendresse et un flottement, mais aussi une luminosité claire et douce. La posture adoptée par le couple ainsi que l'aura lumineuse qui l'entoure donne à l'image une dimension quasi sacrée. L'inclinaison des visages peut notamment faire penser aux images saintes, et plus particulièrement à certaines représentations de la Vierge Marie dans l'histoire de la peinture, qui penche son visage lisse et doux vers l'Enfant-Jésus. Une grande ambiguïté est cependant mêlée à cette pureté, puisque la photographie n'est pas dénuée d'une certaine sensualité entre ces deux femmes. L'érotisme féminin est l'un des thèmes privilégiés par Man Ray. On peut se demander quelle est la relation qui lie ces deux personnes : s'agit-il de sœurs, d'amies, d'amantes ? Cette photographie rejoint donc les préoccupations du mouvement surréaliste, dans lequel la représentation de la femme joue un rôle crucial. Elle est le motif d'une véritable fascination, devenant tour à tour sorcière, muse inspirante, enfant, mère, sainte, objet du désir sexuel et élément révélateur. Les corps féminins viennent, par exemple, rythmer les dessins des *Mains libres.* Cet aspect ne s'exprime pas seulement dans les arts plastiques, mais aussi dans la littérature. On connaît notamment la place occupée par la femme comme source de magie et d'inspiration chez André Breton, écrivain et chef de file du surréalisme. Celui-ci met aussi l'accent sur le pouvoir de l'amour sur la créativité artistique aussi bien que sur la vie.

... Ces deux personnalités sont liées au cercle des surréalistes...

Le titre nous permet ici d'identifier les deux modèles photographiés par Man Ray : il s'agit de Sonia Mossé et de Nusch Éluard. Ces deux personnalités sont liées au cercle des surréalistes. La première est une actrice et artiste plasticienne française qui va réaliser des mannequins exposés lors de l'Exposition internationale du surréalisme en 1938. La seconde a épousé le poète Paul Éluard en 1934. Si elle a composé quelques collages, son rôle dans le mouvement est surtout celui de muse. Elle a été maintes fois représentée, notamment dans des portraits peints par Pablo Picasso ou dans des photographies prises par Dora Maar ou Lee Miller. Elle a beaucoup posé devant l'appareil de Man Ray, pour des portraits, des nus ou des photographies de mode. Paul Éluard a quant à lui écrit des poèmes qui la célèbrent. En 1935, Paul Éluard et Man Ray réalisent ensemble un livre, intitulé *Facile*. Il s'agit d'un ouvrage mêlant un recueil de poèmes et des photographies de nus. Nusch est centrale dans cette collaboration, puisqu'elle est à la foi l'inspiratrice des écrits et le modèle des photographies. Par la suite, les deux artistes vont à nouveau travailler ensemble pour l'ouvrage *Les Mains libres*, constitué de dessins de Man Ray illustrés par des poèmes d'Éluard. Dans son autobiographie, Man Ray raconte qu'il se lance dans l'élaboration des dessins des *Mains libres* alors qu'il passe des vacances dans le sud de la France, notamment en compagnie du couple Éluard. Dans l'ouvrage se trouve reproduit un dessin intitulé *Hommage à Nusch*, qui est réalisé d'après la photographie de *Nusch et Sonia* prise plus d'un an auparavant.

Ce n'est d'ailleurs pas le seul dessin à reprendre une œuvre antérieure, photographique ou peinte. Le fait de se servir de clichés photographiques comme modèles pour des dessins ou des photographies n'est pas nouveau et a cours depuis l'invention de la photographie. On sait qu'au XIXe siècle, des peintres comme Jean-Auguste-Dominique Ingres ou Gustave Courbet se servaient des daguerréotypes puis des photographies pour remplacer les longues séances de pose par les modèles. Mais l'image photographique était alors perçue comme un outil documentaire pour les besoins d'un art jugé plus noble, c'est-à-dire la peinture. Et si ces peintres cultivaient en réalité un goût pour cette nouvelle pratique artistique, ils en dissimulaient parfois l'usage afin de ne pas ternir leur réputation. Man Ray rejette complètement cette hiérarchie dans son travail où les différents arts communiquent à égalité et se nourrissent l'un l'autre. Il s'exprime d'ailleurs d'une façon très franche sur ce sujet, à propos du rapport du dessin et de la peinture avec la photographie : « Cela m'agaçait qu'on me demandât, selon mes activités du moment, si j'abandonnais l'un en faveur de l'autre. Il n'y avait aucun conflit entre les deux : pourquoi les gens ne pouvaient-ils pas comprendre que certains consacrent leur vie à deux activités, alternativement ou simultanément ? L'on sous-entendait, sans doute, que la photographie ne se situait pas au même niveau que la peinture, que ce n'était pas un art. Ç'avait été un sujet de controverses, depuis l'invention même de la photographie, et la question ne m'intéressait pas. »

… *Le motif de la main mystérieusement isolée du reste du corps est récurrent chez Man Ray…*

Il est intéressant de noter que les bordures du dessin *Hommage à Nusch* respectent celles de *Nusch et Sonia*. L'artiste aurait tout à fait pu décider de ne reproduire qu'un détail de la photographie ou bien de réintroduire le décor supprimé lors de la découpe de l'image au tirage. Le choix du cadre, aspect inhérent et essentiel à la photographie, est donc conservé pour ses qualités esthétiques et le sens qu'il donne à la composition. L'artiste ajoute à son dessin le détail, foncé en noir, d'une main tenant une rose, qui n'a pas d'équivalent direct dans la photographie. Le motif de la main mystérieusement isolée du reste du corps est récurrent chez Man Ray. On le retrouve en particulier dans *Les Mains libres*, faisant le lien entre les dessins, les textes et le choix du titre de l'ouvrage. Hormis ce détail, l'origine du dessin est très clairement identifiable, et il ne s'agit pas d'une simple correspondance éloignée.

Une même sensation de douceur est aussi commune aux deux œuvres. Cependant, elle est créée par des moyens fort différents. Comme nous l'avons vu pour *Nusch et Sonia,* le flou apporte une qualité veloutée à l'image. En supprimant la netteté des contours, il dématérialise les sujets et leur donne une présence presque irréelle. De plus, Man Ray préfère aux forts contrastes de noir et de blanc des teintes de gris en dégradés. Aucune dureté du noir ou luminosité tranchante du blanc ne vient rompre le calme et la quiétude de la photographie. Pour son *Hommage à Nusch,* l'artiste opte, au contraire, pour un tracé épuré et clair. Les ombres et dégradés sont ainsi écartés pour un traitement par la ligne noire. Il n'est donc pas question de copier l'image livrée par la photographie, de se servir de celle-ci comme substitut aux modèles qui posent, mais d'utiliser les moyens offerts par chaque art pour rendre l'effet poétique produit par ces deux femmes.

Dans *Les Mains libres,* à la correspondance entre les deux créateurs, entre le texte et l'image, s'ajoute celle des deux œuvres de l'artiste, et de deux disciplines, le dessin et la photographie, chacune célébrée dans sa spécificité. De *Nusch et Sonia,* on passe au titre *Hommage à Nusch,* ce qui renforce la communication et l'inspiration commune de Paul Éluard et de Man Ray. Un tissu d'interconnexions, de correspondances et d'échos, si cher à la recherche surréaliste qui favorise ce type de mélange et de rencontre, s'exprime donc ici sous plusieurs formes.

Le texte

en perspective

Henri Scepi

Mouvement littéraire

À la lumière du surréalisme

LIVRE D'ARTISTES, *LES MAINS LIBRES* EST AUSSI un livre d'amis, le manuel singulier d'une complicité créatrice. Paul Éluard et Man Ray s'y rencontrent — ou plutôt s'y retrouvent — et inventent un espace inédit propice au dialogue de la poésie et du dessin. L'écriture et l'image se situent en regard l'une de l'autre, méditent l'une à partir de l'autre et favorisent, en retour, l'échange inattendu de leurs qualités et de leur aura. Réciprocité de preuves, attestation d'une commune rigueur et d'une semblable ambition : faire advenir, par le mot et la ligne, par la phrase et le contour, le règne de l'insoupçonné. Peintre, photographe, cinéaste, créateurs d'objets insolites et de techniques poético-graphiques, comme le « rayogramme », Man Ray (1890-1976) fait la rencontre de Paul Éluard en 1921, lorsque, associé au grand ébranlement de l'aventure Dada, qui prit naissance en 1916, il quitte New York et se rend à Paris dans le sillage de Marcel Duchamp. Il se lie alors avec ceux qui, encore inspirés par Tristan Tzara, l'un des instigateurs de Dada, préparent la nouvelle aurore des arts insoumis, l'éclosion explosive d'une création en liberté, guidée seulement par le vent salubre de la subversion. André Breton,

Louis Aragon, Philippe Soupault, Max Ernst, Georges Ribemont-Dessaignes, Paul Éluard sont les acteurs décidés d'une avant-garde qui entend ouvrir les écluses de l'imagination et façonner, sans concession à l'ordre établi, la poésie du présent aussi bien que l'art de l'avenir. Il s'agit, en un mot, de faire le pari de l'inconnu, qui est un saut dans l'indéterminé, dans ce qui n'a reçu encore ni nom ni image, ni valeur ni label. Comme le dit André Breton, il importe de congédier cette « intraitable manie qui consiste à ramener l'inconnu au connu, au classable » (*Manifeste du surréalisme,* 1924). D'autres territoires sont à explorer et tout semble possible. Man Ray, rompu aux hypothèses les moins convenues et aux aventures de l'imaginaire, avait cherché de son côté, dès 1914, à frayer de nouvelles voies. Dessinateur de formation, il s'essaie à la peinture et, en 1915, illustre de lithographies originales *A Book of Diverse Writings* d'Adon Lacroix, poétesse belge qui est aussi sa femme. Fondateur avec Walter Arensberg et Marcel Duchamp de la « Société d'artistes indépendants », il peint beaucoup, notamment la série des *Portes tournantes* (1916-1917), œuvres abstraites, pseudo-scientifiques et machiniques, comme le dit l'artiste lui-même, « suggérant des appareils géométriques ». Il multiplie ainsi les expérimentations esthétiques et techniques et s'adonne à la photographie, qu'il considère moins comme un outil de reproduction que comme un moyen d'invention doué de potentialités plastiques et oniriques sans égal.

Quand Éluard fait la connaissance de Man Ray à Paris en 1921, il sait qu'il a affaire à un artiste complet qui, d'ailleurs, l'année suivante, offrira une nouvelle preuve de son talent en publiant *Les Champs délicieux,* un recueil de rayographies préfacé par Tristan Tzara.

En 1923, il présente son premier film, *Le Retour à la raison*. Éluard est l'auteur de plusieurs livres de poésie qui tous témoignent d'une aspiration à un autre verbe, à un langage enfin délivré des redites et des lieux communs, ouvert à cet inconnu pressenti par les jeunes poètes dadaïstes et bientôt surréalistes comme le bien le plus précieux, l'au-delà sensible ou l'envers inouï de la raison et du réel. De 1920 à 1922, il fait paraître trois recueils dont les titres sont comme autant de programmes de conquête à la fois esthétique et éthique : *Les Animaux et leurs hommes, les hommes et leurs animaux* (1920), *Les Nécessités de la vie et les conséquences des rêves* (1921) et *Répétitions* (1922). Notons que le premier et le troisième de ces ouvrages sont le fruit d'une collaboration avec les peintres, André Lhote pour le premier, Max Ernst pour le troisième. C'est là indubitablement le signe, et peut-être même la signature, d'un geste créateur qui s'enrichit de la confrontation des formes d'expression et des points de vue, puisant dans le dialogue stimulant des arts et des imaginaires les ressources d'un langage revivifié — l'antithèse de ce « langage déplaisant qui suffit aux bavards, langage aussi mort que les couronnes à nos fronts semblables » que dénonce Éluard dans la courte préface des *Animaux et leurs hommes*.

Si les deux créateurs vont suivre leur voie, chacune singulière et lumineuse, ils conserveront en commun ce même faisceau de valeurs qui guide leur travail et nourrit en profondeur les fondements d'une semblable conviction : que les mots et les couleurs, le langage articulé et le langage plastique, l'écriture et l'image relèvent de cette même activité appelée poésie, dont on comprend que la définition ne peut être fixée à jamais tant elle dépend des pratiques individuelles et collectives, des fulgurances de l'instant, des hasards et des nécessités des rencontres. En sorte que l'entreprise des *Mains libres*, qui prend forme en 1936-1937, apparaît moins comme l'aboutissement réfléchi d'un compagnonnage long de plus de quinze années que comme l'effet d'une décision poétique partagée : confier au dessin et au poème le soin d'élargir ensemble, dans leur réciproque résonance, le domaine souverain de l'imagination et d'atteindre ce point de l'esprit, délié de tout ancrage positif comme de toute injonction morale, « d'où la vie et la mort, le réel et l'imaginaire, le passé et le futur, le communicable et l'incommunicable, le haut et le bas cessent d'être perçus contradictoirement. Or, c'est en vain qu'on chercherait à l'activité surréaliste un autre mobile que l'espoir de déterminer ce point » (André Breton, *Second Manifeste du surréalisme*, 1930).

1.

Une subversion totale

1. *Les grands initiateurs*

Ce désir d'affranchissement, qui repousse les limites de la logique et abroge le principe de non-contradiction, nul doute qu'il n'ait été dicté à Breton, Soupault, Aragon et Éluard par quelques grands initiateurs auprès desquels ils vont faire l'apprentissage de la rupture et de la subversion. Ces maîtres du chaos et de la liberté, qui malmènent les lois de la raison raisonnante et font litière des illusions du réalisme, sont Arthur

Rimbaud et Lautréamont. Phares du surréalisme naissant, ils projettent à distance une lumière vive qui aveugle les esprits soumis aux seuls décrets de la pensée lucide et éclaire puissamment ceux qui en accueillent le rayon bénéfique. De Rimbaud, Breton et Aragon diront qu'il « a commencé par disparaître, atténuant ce qu'il y a au monde de meilleur, appelant à lui tout ce qui n'a pas encore reçu de nom ». Autrement dit, il fait figure de point cardinal, à partir duquel les coordonnées de la poésie sont appelées à se redéfinir. Si, de fait, les dadaïstes puis les surréalistes vont retenir de l'auteur d'*Une saison en enfer* des leçons de provocation et d'insoumission, qui les rendront rebelles à toute espèce d'autorité, ils sauront se souvenir également des percées qu'il a ouvertes dans les apparences du monde connu. Les *Illuminations* (publiées en 1886 dans la revue *La Vogue*) en sont la preuve, qui promettent un « départ dans l'affection et le bruit neufs » et l'avènement d'une « nouvelle harmonie ». La lettre dite du voyant, du 15 mai 1871, esquisse un programme qui semble annoncer les avancées futures d'une poésie qui se veut travail, recherche, approche intuitive, onirique ou divinatoire de tout ce qui échappe à l'emprise de la raison et de l'observation : une révélation des profondeurs de la psyché et des accidents intimes de la vie de l'esprit. Car non seulement le poète « se fait voyant par un long, immense et raisonné *dérèglement de tous les sens* », mais de plus il accède à une connaissance supérieure, qui l'institue « suprême savant ». Les surréalistes ne pouvaient que ratifier un projet qui visait à libérer l'imagination en vue de favoriser l'essor, dans un langage totalement remanié, de l'inconscient réprimé. Ils se considéraient légitimement les héritiers d'un programme inabouti dont ils devaient assurer la relève et prolonger l'audace en subvertissant non seulement les codes poétiques mais aussi en « changeant la vie ».

Lautréamont, de son vrai nom Isidore Ducasse, est, par excellence, le poète que l'on ne peut ni classer ni vraiment domestiquer. En 1922, Breton écrit : « C'est à cet homme qu'incombe peut-être la plus grande part, la responsabilité de l'état de choses poétique actuel. » C'est en 1918 que Breton, Aragon et Soupault découvrent *Les Chants de Maldoror.* L'éblouissement est instantané, la passion durable. Il faut dire que l'ébranlement est de taille, comme l'indique Philippe Soupault dans son *Histoire d'un blanc* (1927) : « J'étais couché dans un lit d'hôpital lorsque je lus pour la première fois *Les Chants de Maldoror.* C'était le 28 juin. Depuis ce jour-là personne ne m'a reconnu. »

Tous ont conscience que ce livre sans descendance contient toutes les propositions directrices d'une subversion radicale qui sera au cœur aussi bien de l'éthique que de l'esthétique du surréalisme : de l'irrationnel comme principe d'affirmation et de quête de soi à la transformation nécessaire des conditions mêmes de la vie, sans omettre bien sûr le langage poétique et notamment l'image conçus comme les leviers d'une expérience décisive qui emporte au-delà de leurs propres limites l'homme et son destin terrestre. Breton s'en expliquera dans *Les Pas perdus.* Et Man Ray proposera, en 1920, sous le titre *L'Énigme d'Isidore Ducasse,* une machine à coudre emballée d'une couverture. Mais il importe de faire une distinction entre le comte de Lautréamont, auteur des *Chants de Maldoror,* et Isidore Ducasse, l'auteur des *Poésies.* Si, dans la première œuvre, tout s'instrumente au seul profit d'une apologie du mal et d'une assomption du crime, en revanche dans la deuxième, la valeur positive du bien est célébrée, au gré d'un discours qui s'emploie à corriger dans le sens de la bonté les maximes du pessimisme. Ce « dispositif », qui peut sembler contradictoire, révèle en fait les tensions d'un langage qui s'attache à retourner les formules admises et les sentences banales, tout le bavardage de convention — dont les surréalistes ne sont pas loin de considérer qu'il forme une bonne part de la littérature — se prêtant à un travail de réénonciation par lequel peut toujours advenir une étincelle d'invention ou de vérité. C'est pourquoi Ducasse affirme que « la poésie doit être faite par tous. Non par un ». Chacun est en droit, sinon dans l'obligation, de s'approprier le langage et de le recréer. Éluard reprendra cette phrase de Ducasse et la placera à la fin de la partie « Premières vues anciennes » de son livre *Donner à voir* (1939).

2. *Un monde renversé*

Placé sous le patronage de ces deux « excitateurs », comme le dit Maurice Nadeau, le surréalisme désigne ouvertement ses cibles. Les valeurs d'ordre, de clarté, de respect de la tradition et de confort matériel, sans compter les idées de famille, de patrie ou de religion, sur lesquelles le monde bourgeois s'est bâti, font l'objet d'un travail de sape qui tend à en révéler le fond inadmissible. Car ce sont ces mêmes valeurs qui ont permis, sinon provoqué, la Première Guerre mondiale, qui fut une véritable boucherie. Les lettres qu'Aragon envoie à Breton du front pendant l'été 1918 en témoignent. Celui qui affirme avoir été « tué trois fois », après avoir été enterré vivant par des tirs d'obus, ne peut plus exalter les beautés lyriques de la guerre, comme le fait Apollinaire dans *Calligrammes.* Dans le poème « Secousse », qui évoque cet événement traumatisant, Aragon écrit (*Feu de joie,* 1920) :

> Le point mort
> Ma tête tinte et tant de crécelles
> Mon cœur est en morceaux
> le paysage en miettes

La catastrophe meurtrière de 14-18 et son écho funeste se perpétuent dans la conscience des jeunes générations. Dans le *Manifeste du surréalisme,* André Breton — qui avait été aussi, comme il le rapporte ailleurs, un de ces « jeunes gens [...] que la guerre de 1914 venait d'arracher à toutes leurs aspirations pour les précipiter dans un cloaque de sang, de sottise et de boue » — s'attaque moins à l'absurdité d'un monde mortifère qu'aux routines qui le rendent acceptable. Il mène ainsi l'offensive contre les valeurs de raison et de réalisme qui sont à la source de toute explication et de toute représentation des phénomènes dans un univers de référence déterminé par l'idéologie bourgeoise. Il condamne « l'attitude réaliste », *ethos* bourgeois par excellence qui est fait « de médiocrité, de haine et de plate suffisance ». C'est elle, ajoute Breton, qui « se fortifie sans cesse dans les journaux et fait échec à la science, à l'art, en s'appliquant à flatter l'opinion dans ses goûts les plus bas ; la clarté confinant à la sottise, la vie des chiens ». De même, le rationalisme et les « procédés logiques » qu'il engendre ne parviennent qu'à résoudre des « problèmes d'intérêt secondaire ». L'essentiel échappe parce que, pour Breton, l'empire illusoire de la raison maintient l'esprit captif d'un système qui n'est autre que de convention ou d'usage. Le surréalisme se propose de faire voler en éclats ce système de valeurs hégémonique au service d'une classe et d'une idéologie. De là son programme subversif, qui assigne à ses œuvres et à ses actes non seulement une fonction esthétique, mais aussi une portée politique et sociale, aspect qui se renforcera à partir du moment où les principaux animateurs du groupe – Breton, Aragon, Soupault, Éluard, Péret — adhèrent au parti communiste dans le milieu des années 1920, désireux de mettre efficacement « le surréalisme au service de la révolution ». L'activité surréaliste n'a donc rien de gratuit ou d'accessoire ; elle vise à transformer les conditions de la vie. « Ceux d'entre les poètes et artistes modernes, écrira Breton en 1935, [...] qui entendent que leurs œuvres tournent à la confusion et à la déroute de la société bourgeoise, qui aspirent très consciemment à agir dans le sens d'un monde nouveau, d'un monde meilleur, se doivent à tout prix de remonter le courant qui les entraîne à passer pour de simples récréateurs, avec qui la bourgeoisie n'en prendra jamais trop à son aise. »

3. *Éloge de l'irrationnel*

La récusation de la raison et de ses succédanés soutient symétriquement la promotion de l'irrationnel. Les abîmes du sommeil, le rêve et ses figurations chimériques, les événements souterrains de l'inconscient, le merveilleux et l'insolite, le hasard et ses coïncidences, tout favorise une attitude antirationaliste qui place l'homme, ce « rêveur définitif », en situation d'attente et d'écoute, en tout cas en position de réceptivité vigilante et privilégiée. Dans le *Manifeste*, Breton se félicite des avancées de la pensée freudienne sur le terrain mouvant des réalités premières — ordre fuyant où les mécanismes inouïs de l'activité psychique rejoignent les grandes lois de l'imagination. Par là même, les forces du désir — qu'une conception bourgeoise étriquée a cherché à incarcérer dans des pratiques sociales normées et des comportements réglés — se trouvent nouvellement éclairées et mobilisées à des fins créatrices. S'il est vrai, comme l'affirmait Rimbaud, que « l'amour est à réinventer », la déraison surréaliste va s'employer à faire de ce mot d'ordre un horizon tant éthique que poétique, à partir duquel tout acte, tout écrit, toute parole se définit en se ressaisissant. *Nadja* (1926) prête à la femme un pouvoir de révélation ; en elle convergent les puissances conjointes du rêve et de la vie, qui forment la trame vibrante d'une « beauté convulsive », la seule possible, dont il sera également question dans *L'Amour fou* (1937). De cet irrationnel libérateur, qui redonne sens à l'amour, témoignent les poèmes du recueil d'Éluard *L'Amour la poésie* (1929), dont le titre scelle une union principielle qui décide d'un avenir commun de l'individu et du langage, un vivre-écrire placé sous le signe électif d'un désir devenu mesure de toute chose.

L'éloge de l'irrationnel n'est pas pure rhétorique célébrative. Il enseigne qu'un domaine insoupçonné s'ouvre ainsi à l'exploration de chacun, scientifique et poétique. Car il ne fait pas de doute que si Freud fonde la démarche analytique sur l'étude du rêve, les grands voyants de l'époque romantique avaient quant à eux et de longue date indiqué la voie à suivre pour atteindre à une connaissance totale de l'homme, de ses désirs et de ses mystères : une immersion dans les profondeurs nocturnes de l'être, une plongée dans les espaces intérieurs, un voyage dans la dimension encore vierge d'un esprit délivré de la dictature de la conscience et de la censure de la raison. Charles Baudelaire, Thomas de Quincey, William Blake ou Gérard de Nerval sont parmi ces instigateurs audacieux qui ont su, parfois au risque de leur vie, ouvrir ces « portes d'ivoire et de corne » qui séparent la vie diurne du monde du sommeil.

Breton ne manque pas de les évoquer dans le *Manifeste* lorsqu'il relate quelques-unes de ces séances de sommeil qui font affleurer un langage qui n'est dicté ni par une pensée consciente, ni par un événement extérieur observable — un de ces événements poétiques libres, comptables des seules énergies de l'activité psychique la plus profonde. Et l'on sait que le mot « surréalisme » est primitivement associé à cette expérience spécifique de la « pensée parlée ». La définition qu'en donne Breton lie de plus le terme à la notion d'automatisme dont il souligne par ailleurs les développements et les ressources : « *Surréalisme,* n. m. Automatisme psychique pur par lequel on se propose d'exprimer, soit verbalement, soit par écrit, soit de toute autre manière, le fonctionnement réel de la pensée. Dictée de la pensée, en l'absence de tout contrôle exercé par la raison, en dehors de toute préoccupation esthétique ou morale. » Le propos situe l'enjeu bien au-delà de l'art et de ses valeurs. Il s'agit non pas de créer des œuvres soumises aux critères du beau, mais bien de produire des objets, verbaux ou non, qui soient la révélation autant que la libération de la toute-puissance du rêve et des mécanismes déroutants de la vie psychique.

Dans la préface des *Animaux et leurs hommes* (1920), Paul Éluard appelait de ses vœux la mise en œuvre d'une « force honnête » et énonçait le nouveau principe de la recherche poétique : « Connaissons ce dont nous sommes capables. » Il poursuivait ainsi : « Essayons, c'est difficile, de rester absolument purs. Nous nous apercevrons alors de tout ce qui nous lie. » Si ces deux phrases semblent entretenir un rapport paradoxal, sinon contradictoire, elles révèlent en vérité le principe antirationnel qui ne voue l'artiste qu'à lui-même, une fois écartées les déterminations adjacentes qui encombraient ou dénaturaient sa démarche créatrice. Pour autant, ce retour à soi, à sa « capacité » et à son pouvoir, n'équivaut pas à un repli ou à un appauvrissement : il offre tout au contraire l'occasion de saisir les liens, c'est-à-dire la diversité et la richesse des rapports, qui unissent l'individu à son univers propre en l'incitant à la découverte d'autres territoires promis à la lumière. Le court texte en prose qui ouvre le recueil *Les Dessous d'une vie ou La pyramide humaine* (1926) montre Éluard engagé dans cette exploration éblouie, qui régénère la faculté de voir, délivre des routines de la pensée comme des lieux communs de l'écriture et consent à la vision neuve une « puissance tranquille » : « Je supprimai le visible et l'invisible, je me perdis dans un miroir sans tain. Indestructible, je n'étais pas aveugle. »

2.

Une libération esthétique

1. *Le langage en liberté*

La pratique de la subversion importe aussi dans la mesure où elle facilite l'affranchissement nécessaire à l'égard des modèles littéraires et artistiques hérités de la tradition. Les futuristes, sous l'impulsion notamment de Filippo Marinetti, avaient proclamé non sans provocation l'avènement des « mots en liberté ». Les surréalistes aspirent à un langage sans entrave qui soit de surcroît en concordance absolue avec les injonctions du désir et les courants ramifiés de l'imagination. C'est en cela que l'écriture automatique — définie par Breton dans le *Manifeste* de 1924 — garantit à ceux qui s'y livrent la pleine conformité d'un discours dérobé à tout contrôle et délesté du poids de la chaîne logico-référentielle. Ni les formes du passé — strophes, vers, rimes —, ni les jeux variés de la prosodie ne suffisent à engendrer et à expliquer la poésie. D'autres lois, plus intimes ou plus obscures, gouvernent l'assemblage des mots et l'articulation des phrases. Les éléments qui composent l'écriture se refusent dès lors à toute imposition rationnelle, comme à toute exigence extérieure de signification immédiate, ce qui ne manque pas d'inspirer à quelques-uns une certaine perplexité, voire un réflexe de recul. Comme le dit Breton, « ces éléments, en apparence, vous sont *aussi étrangers qu'à tout autre* et vous vous en défiez naturellement. Poétiquement parlant, ils se recommandent surtout par un très haut degré d'*absurdité immédiate* ». Absurdité immédiate ne veut pas dire absurdité tout court. Dans cet extrait du *Manifeste*, Breton suggère que, de prime abord, les textes automatiques échappent aux mécanismes usuels de l'économie du sens, laquelle consiste, on le sait, à rabattre l'inconnu sur le connu, à opérer par analogie réductrice. Or, le propre du langage poétique, tel que les surréalistes le rêvent, est au contraire d'inviter à accroître les potentialités suggestives ou évocatoires des mots, à provoquer des associations inattendues, elles-mêmes génératrices d'images sans précédents. Il importe, par conséquent, d'épouser les nervures secrètes et vivantes de ce langage pour y saisir, sans jamais pouvoir cependant la fixer durablement, la trace mobile et chatoyante des mouvements de l'esprit. C'est pourquoi Breton peut affirmer que le « langage a été donné à l'homme pour qu'il en fasse un usage surréaliste », un usage qui le délivre des servitudes dans lesquelles les règles de la communication ordinaire tendent à l'enfermer. En 1919, *Les Champs magnétiques*, écrits avec Philippe Soupault, illustrent cette tentative d'exploration du psychisme et donnent de l'écriture automatique une preuve plus que décisive ; en 1924, écrit par Breton seul, *Poisson soluble* réunit des textes composés en 1921-1922 et prolonge une recherche qui confie au langage en liberté le soin de redisposer de ses pouvoirs et de ses sortilèges.

« On a pu penser que l'écriture automatique, observe Paul Éluard, rendait les poèmes inutiles. Non : elle augmente, développe seulement le champ de l'examen de conscience poétique, en l'enrichissant. Si la conscience est parfaite, les éléments que l'écriture automatique extrait du monde intérieur et les éléments du monde extérieur s'équilibrent. Réduits alors à égalité, ils s'entremêlent, se confondent pour former l'unité poétique. » Soucieux de préserver ce qu'il appelle « l'unité poétique », Éluard distingue la dictée pure de la pensée et le poème proprement dit dans lequel l'inconscient se confronte à la conscience. Le poème, pour Éluard, n'est ni une traduction ni une transposition de la vie psychique du sujet ; il résulte d'une tension de forces qui s'équilibrent, et qui, au sein du langage, créent un nouvel ordre, une « surréalité ». C'est pourquoi le poème « permet à l'homme de voir autrement, d'autres choses. Son ancienne vision est morte, ou fausse. Il découvre un nouveau monde, il devient un nouvel homme ». Loin de se réduire à un mode d'expression, le langage poétique est assurément une force de transformation. Au lieu de révéler un être inspiré, il porte en lui l'inspiration. Dans la préface qu'il rédige pour le recueil collectif *Ralentir travaux*, Éluard affirme : « Le poète est celui qui inspire bien plus que celui qui est inspiré. »

2. *La « lumière de l'image »*

Il ne fait pas de doute que cette communication inédite qui s'établit entre le poème et le lecteur repose sur les propriétés intrinsèques de l'image. Telle que les surréalistes la conçoivent, l'image ne saurait se limiter à une fonction rhétorique ou ornementale destinée à embellir le discours ou, pire encore, à valoir comme un pur et simple indice de poéticité. Elle est véritablement une puissance d'ébranlement qui fait voler en éclats les routines de la perception et les critères usuels de l'intelligibilité. Là encore, la leçon de Lautréamont a été parfaitement assimilée : les comparaisons disjonctives qui, dans *Les Chants de Maldoror*, multiplient les appariements incongrus, mettent au jour une dynamique de décentrement qui soustrait le processus d'engendrement de l'image à toute espèce de raison ou de congruence logico-sémantique. Soupault, Breton, Aragon et Éluard, entre autres, ont été extrêmement sensibles aux « beau comme » de Lautréamont, analogies intempestives qui apparaissent comme des événements poétiques dans la mesure où, en subvertissant l'ordre des preuves et des raisons dans la langue, elles libèrent la charge évocatoire d'un verbe guidé par les seules injonctions de l'imaginaire. Exemple au chant VI, strophe 1 des *Chants de Maldoror* :

> Il est beau comme la rétractilité des serres des oiseaux rapaces ; ou encore, comme l'incertitude des mouvements musculaires dans les plaies des parties molles de la région cervicale postérieure ; ou plutôt, comme ce piège à rats perpétuel, toujours retendu par l'animal pris, qui peut prendre seul des rongeurs indéfiniment et fonctionner même caché sous la paille ; et surtout, comme la rencontre fortuite sur une table de dissection d'une machine à coudre et d'un parapluie.

En enchaînant des comparants marqués du sceau de l'hétérogénéité, l'image substitue au principe d'unité logiquement attendu un principe de diversité déroutant dont l'éminente vertu est de créer des rapports imprévus, d'ouvrir un espace de figuration centrifuge.

Dans le premier *Manifeste*, Breton insiste sur la « *lumière de l'image* », conçue comme le pivot de l'activité surréaliste mise au service de l'invention continue de la vie psychique et de ses courants turbulents. Il valide le principe structurel qui consiste à rapprocher deux propositions ou deux réalités distantes les unes des autres. Il prend appui dans un premier temps sur une définition de l'image poétique empruntée à Pierre

Reverdy selon laquelle celle-ci « ne peut naître d'une comparaison mais du rapprochement de deux réalités plus ou moins éloignées. Plus les rapports des deux réalités rapprochées seront lointains et justes, plus l'image sera forte... ». Discréditant la comparaison définie comme un instrument soumis aux décrets d'une volonté lucide, l'image surréaliste obéit bien plus à un mécanisme d'association disjonctive. Loin de répondre à une intention réfléchie, le rapprochement qu'elle manifeste est inconscient, il se fait de lui-même, sans qu'interviennent des critères de choix ou d'action délibérée de la part du poète : « C'est du rapprochement en quelque sorte fortuit des deux termes qu'a jailli une lumière particulière, *lumière de l'image*, à laquelle nous nous montrons infiniment sensibles. La valeur de l'image dépend de la beauté de l'étincelle obtenue ; elle est, par conséquent, fonction de la différence de potentiel entre les deux conducteurs. [...] Force est donc bien d'admettre que les deux termes de l'image ne sont pas déduits l'un de l'autre par l'esprit en vue de l'étincelle à produire, qu'ils sont les produits simultanés de l'activité que j'appelle surréaliste, la raison se bornant à constater, et à apprécier le phénomène lumineux. »

3. *Une dynamique d'associations*

Procédant d'un heurt, d'une rencontre qui est un choc, l'image produit un courant spécifique : comme le suggère la métaphore électrique qui file le propos de Breton, elle éclaire d'une lumière imprévue les domaines encore insondés de l'esprit humain et invite — par l'énergie qu'elle libère — à associer dynamiquement des plans de perceptions, d'émotions et de notions qui, au regard de la raison, semblaient s'exclure les uns les autres. Également convaincu de la toute-puissance de l'image, Éluard, dans *Donner à voir*, s'intéresse à la vie propre de ces formations verbales singulières qui, soit par analogie, soit par identification, « se détachent aisément du poème, tendent à devenir poèmes elles-mêmes, en s'isolant ». L'autonomisation de l'image dans le texte surréaliste est sans doute la meilleure preuve de sa fonction de désenclavement et de libération des forces réelles de l'imagination, plus que jamais « reine des facultés ». Ainsi, dans « Les mains libres » (p. 40), l'image par identification associe deux réalités éloignées l'une de l'autre, unies par la structure prédicative de la phrase : « Cette averse est un feu de paille. » Si les thèmes de l'eau et du feu se neutralisent mutuellement, ils se superposent cependant ou s'identifient l'un à l'autre en raison d'un trait commun implicite d'ordre acoustique, générateur précisément de cette « étincelle » poétique dont parle Breton : le crépitement de l'averse est comparable à celui d'un feu de paille et peut, en dernière analyse, se confondre avec lui. De la même façon, dans le poème « Le don » (p. 24), le procédé de l'identification, qui est à la source de la métaphore dans son fonctionnement à la fois le plus évident et le plus raffiné, pose une suite d'équivalences :

> Elle est noyau figue pensée
> Elle est le plein soleil sous mes paupières closes
> Et la chaleur brillante dans mes mains tendues
>
> Elle est la fille noire et son sang fait la roue
> Dans la nuit d'un feu mûr.

Soustraite aux lois convergentes de l'unité, l'image s'élabore au gré des prédicats discontinus qui se rapportent au thème unique de la phrase. Le pronom personnel « Elle » est ainsi le pivot d'une métaphorisation qui se construit par accumulation et progression : le passage du mot « noyau » — premier élément de l'image — à l'expression finale « la nuit d'un feu mûr » se fait par des relais en apparence dépourvus d'unité thématique, qui tirent toutefois pleinement avantage des vertus de la connotation et du jeu des associations : par exemple « noyau » appelle « figue » (même paradigme végétal) mais aussi « pensée », les deux termes étant rapprochés par l'idée commune selon laquelle la pensée, comme le noyau pour les fruits, est au centre de la vie mentale et intellectuelle des êtres, si bien qu'il est permis de dire que la pensée est une sorte de noyau psychique. Quoi qu'il en soit, le propre de ce type d'image est d'activer un processus d'enchaînement, une dynamique de la liaison qui repose tout entière sur les virtualités associatives des éléments mis en présence. Ce dont pourrait témoigner un poème comme « Le mannequin » (p. 55), texte composé d'une juxtaposition de propositions dont l'armature syntaxique, réduite au minimum, ne permet pas d'élucider *a priori* l'organisation sémantique. Mais le lecteur est apte à saisir quelques termes relais — « Unique guirlande », « Petit pont », « Premier amour » — qui participent de cette dynamique de la liaison implicite, créatrice de l'image poétique devenue, comme le souligne par ailleurs Éluard, poème à part entière. De sorte que la clausule du « Mannequin » — « Suppressions des distances » — apparaît comme un commentaire du texte lui-même, à la fois aboutissement d'une logique métaphorique et clé d'interprétation d'un langage soumis aux lois toujours réinventées de l'association verbale.

3.

Le surréalisme et la peinture : convergences et stimulations

1. *Du tableau comme du poème*

La libération du langage poétique et la promotion du « stupéfiant image » résultent d'une recherche qui concerne aussi bien la poésie — comme activité strictement verbale — que la peinture, puisque ici comme là il est question, prioritairement, des conditions de la figuration et de sa capacité à exalter les pouvoirs inaliénables de l'imagination. S'il est incontestable que le parcours des poètes surréalistes est indissociable de l'essor d'une invention plastique délivrée des règles classiques de la composition et de la *mimèsis,* il n'est pas moins avéré qu'entre poésie et peinture les passerelles se font nombreuses, au point même que l'une et l'autre ne se différencient plus que par leurs aspects techniques et matériels et leurs moyens d'exécution. Car toutes deux sont d'abord création, c'est-à-dire subversion des codes et des conventions et libération des énergies déstabilisatrices de la psyché. Dans le second *Manifeste* (1930), Breton rappelle que « la question poétique a cessé ces dernières années de se poser sous l'angle essentiellement formel et, certes, il nous intéresse davantage de juger de la valeur subversive d'une œuvre ». C'est en vérité cette valeur qui détermine non seulement l'évaluation des œuvres en question, mais aussi leur force de transformation, leur puissance de soulèvement, autant dire leur incidence dans le monde réel des émotions, des affects et des pensées. Les poètes et les peintres mènent en quelque sorte le même combat. *Le Surréalisme et la Peinture* (1928) d'André Breton permettra très vite d'identifier non pas des filiations ou des dépendances, mais des voies parallèles, des itinéraires libérateurs, qui montrent qu'à l'évidence les peintres sont des poètes, tant il est vrai que leur domaine exclusif est celui de la poésie, lieu privilégié d'une aimantation active des corps imaginaires. Giorgio De Chirico, Pablo Picasso, Max Ernst, Joan Miró, entre autres, ont fait la preuve que la peinture, sans devenir à proprement parler abstraite, a su s'émanciper des poncifs de la représentation, des genres et des formes pour laisser l'invisible affleurer et régler selon un jeu de rapports inédits les mécanismes d'engendrement de l'image. À ce titre, ils sont, comme l'écrit Breton, les dispensateurs de cette « philosophie particulière de l'immanence d'après laquelle la surréalité serait contenue dans la réalité même [...]. Et réciproquement, car le contenant serait aussi le contenu ».

De même, reconnaissant que « la vanité des peintres [...] les a longtemps poussés à s'installer devant un paysage, devant une image, devant un texte comme devant un mur, pour le répéter », Paul Éluard salue parmi les plus novateurs ceux qui se sont efforcés de fuir la ressemblance afin d'inventer de nouvelles relations entre les choses, à la façon des poètes. Car, dit Éluard, « le poète [...] pense toujours à *autre chose* ». Nul doute que Picasso, Ernst ou Man Ray n'aient été précisément de cette espèce de peintres mus par le désir de favoriser cet écart significatif, ce pas de côté qui les situent au-delà de l'imitation et des voies consacrées du réalisme. Rompant, en outre, avec la tradition de l'*ut pictura poesis,* qui voulait qu'un tableau fût l'illustration d'un poème, ils se sont appliqués à faire de l'image picturale et plastique un point de convergence et un lieu de stimulations : mettant en œuvre les mécanismes mêmes de la création poétique, la peinture surréaliste invite moins au commentaire qu'à l'imagination, moins à la redite qu'à l'invention. Elle engage de ce point de vue un dialogue fécond et inventif avec le poème, son envers dissemblable.

2. *« Donner à voir »*

Pour Éluard, les peintres sont des alliés, des interlocuteurs décisifs dont les œuvres autant que les gestes apparaissent comme des initiations toujours retentées : initiations à l'obligation de voir, de comprendre, d'imaginer le réel et le surréel dans une sorte de tension résolutive qui abolit la loi des contraires et des contradictions. Deux noms très vite se dégagent, qui cristallisent aux yeux du poète les exigences d'un art libérateur : Picasso et Max Ernst. Du premier André Breton écrit dans *Le Surréalisme et la Peinture* : « Il tenait à une défaillance de volonté de cet homme que la partie qui nous occupe fût tout au moins remise, sinon perdue. » En d'autres termes, Picasso est le principe et la clé d'une recherche figurative sans précédent, l'alpha et l'oméga d'une vaste inspection de l'imaginaire et du réel dont dépend l'aventure surréaliste elle-même. Dans un texte intitulé « Je parle de ce qui est bien », Éluard lui rend hommage. Il le loue d'avoir su bouleverser les règles usuelles de la représentation en peinture non pas au profit d'une esthétique (par exemple le « cubisme »), mais au bénéfice d'une redéfinition substantielle de la relation que l'homme entretient avec les objets du monde réel : « Au lieu d'une seule ligne droite ou d'une courbe, il a brisé mille lignes qui retrouvaient en lui leur unité, leur vérité. Il a, au mépris des notions admises du réel objectif, rétabli le contact entre l'objet et celui qui le voit et qui, par conséquent, le pense, il nous a redonné, de la façon la plus audacieuse, la plus sublime, les preuves inséparables de l'existence de l'homme et du monde. » L'expérience de la peinture est donc d'abord le fait d'une présence à l'objet : l'artiste s'y absorbe, en pénètre les lois profondes, y décèle la dynamique créatrice dont il porte au jour les traits mobiles et en apparence déstructurés. Le peintre invente par là la « raison poétique » du réel. Ne se souciant ni des « formes concrètes » — toujours susceptibles de répondre à un impératif réaliste de reproduction des choses —, ni des « formes abstraites », qui souvent se délient trop aisément des injonctions du réel, il s'emploie à maintenir active et en éveil dans son travail une « communication entre ce qui voit et ce qui est vu, effort de compréhension, de relation », souligne Éluard. À cette condition seulement, la peinture permet de « voir ce qui voit, de libérer la vision, d'atteindre à la voyance ».

Autre élu du surréalisme, Max Ernst prolonge ce versant de la peinture moderne, mais selon des voies qui appellent d'autres moyens formels, d'autres recours stylistiques et plastiques. Si, comme il l'affirme dans *Au-delà de la peinture*, « le rôle du peintre est de cerner et de projeter ce qu'il voit en lui », rappelant la nécessité d'une « commune présence » du sujet et de l'objet, il n'en demeure pas moins vrai que son œuvre s'ingénie à réduire la distance « de l'homme à ce qu'il *voit*, de la nature des choses réelles à la nature des choses imaginées », écrit Éluard (*Donner à voir*). Il importe, en effet, de rendre compte au sein de la vision picturale des liens inextricables qui nouent ensemble les forces porteuses de la figuration : « Matière, mouvement, besoin, désir sont inséparables. » Dès lors, dans les tableaux de Max Ernst, tous les éléments de l'image échangent leurs qualités, leurs identités, leurs formes et leurs couleurs. Par la vertu du collage, que le peintre définit comme « un composé alchimique de deux ou plusieurs éléments hétérogènes, résultant de leur rapprochement inattendu », l'œuvre plastique ouvre l'espace du visible aux aventures de l'imaginaire, l'artiste s'étant convaincu que « tout est transmutable en tout ». « Pense-toi fleur, fruit et le cœur de l'arbre, puisqu'ils portent tes couleurs, puisqu'ils sont un des signes nécessaires de ta présence. » C'est pourquoi, au même titre que Picasso, Max Ernst est considéré par Éluard comme un poète et « un poète très haut » : « Je ne sais si jamais poète a été plus pénétré de ces vérités fondamentales que Max Ernst. Et c'est une première raison de regarder, d'admirer ce peintre comme un poète très haut. À travers ses collages, ses frottages, ses tableaux, s'exerce sans cesse la volonté de confondre formes, événements, couleurs, sensations, sentiments, le futile et le grave, le fugitif et le permanent, l'ancien et le nouveau, la contemplation et l'action, les hommes et les objets, le temps et la durée, l'élément et le tout, nuits, rêves et lumière. »

3. *Éluard et ses peintres*

Des peintres qu'il admire, Éluard n'a pas seulement tiré des enseignements destinés à enrichir sa propre expérience de la poésie et à mieux définir ainsi l'activité surréaliste proprement dite. Il s'est aussi inspiré d'eux, de leur travail, de leurs visions. Très tôt, un courant nourricier s'est établi entre l'univers de la peinture et l'espace-temps de l'écriture. Le poète a recherché dans la contemplation et le dialogue avec les œuvres de Picasso, d'Ernst, de Tanguy ou de Miró, de Chirico ou de Man Ray, ce point commun où communiquent des actes universels : voir, comprendre, partager, imaginer. Il s'est attaché à déterminer, dans quelques-uns de ses textes les plus ouvertement aimantés par les attraits du visible et les combinaisons du langage plastique, cet instant où, la vue du peintre se portant « au-delà de cette réalité insensible à laquelle, dit Éluard, on voudrait que nous nous résignions », elle « fait entrer de plain-pied dans un monde où nous consentons à tout, où *rien n'est incompréhensible* ».

Dans son parcours poétique, de 1921 à 1937, date à laquelle il fait paraître *Les Mains libres* en collaboration avec Man Ray, Éluard a recueilli les échos de ces rencontres précieuses et précises, écoutes mutuelles, réciproques ententes, entre la poésie et la peinture, entre l'écriture et le visible. Certains poèmes en portent témoignage, moins d'ailleurs sous la forme d'une transposition ou d'une *ekphrasis* (description de tableau) s'employant à donner l'équivalent, par le moyen des mots et des images verbales, de la figuration picturale et de ses effets sensibles, que selon des voies détournées, des cercles de résonances concentriques, qui échappent résolument aux prises du commentaire ou de la description directe. Ainsi *Capitale de la douleur* (1925) renferme-t-il quelques poèmes qui ne sont ni des illustrations ni des répétitions mais des attestations ou des preuves. Preuves en actes des relations électives que le poète entretient avec ses peintres. Éluard se montre sensible, par exemple dans les tableaux de Joan Miró, à un cinétisme des formes et des lignes qui justifient une vision ordonnatrice de la nature (« Joan Miró », *Capitale de la douleur*) :

> Soleil de proie prisonnier de ma tête
> Enlève la colline, enlève la forêt.
> Le ciel est plus beau que jamais.
> Les libellules des raisins
> Lui donnent des formes précises
> Que je dissipe d'un geste.

Plus tard, dans *La Rose publique* (1933), Man Ray fait l'objet d'un poème dans lequel l'univers du peintre et la recherche du photographe se conjuguent et se soutiennent. Éluard y célèbre d'abord une imagerie constituée de motifs naturels fortement érotisés entre lesquels l'œil circule en s'employant à tisser des liens (« Man Ray », *La Rose publique*) :

> Dans les espaces de marées d'un corps qui se dévêt
> À la mamelle du crépuscule ressemblant
> L'œil fait la chaîne sur les dunes négligées
> Où les fontaines tiennent dans leurs griffes des mains nues.

Le texte se fait ensuite l'écho de cette « chambre noire où le blé même / Naît de la gourmandise », chambre photographique, lieu de tous les sortilèges qui, loin d'enregistrer la réalité immédiate, recrée l'ensemble des choses visibles, sous la dictée du désir. Dans la courte préface des *Mains libres,* Éluard écrit :

« Le dessin de Man Ray : toujours le désir, non le besoin. » Autant dire l'insatiable appétit de sensualité et de présence qui soutient la poésie même.

Pour prolonger la réflexion :

Ferdinand ALQUIÉ, *Philosophie du surréalisme,* Flammarion, 1955.

ARAGON, *Le Libertinage,* Gallimard, 1924 ; *Le Paysan de Paris,* Gallimard, 1926, « La bibliothèque Gallimard ».

André BRETON, *Manifestes du surréalisme,* Gallimard, « Idées », 1979 ; *Le Surréalisme et la Peinture,* Gallimard, « Folio essais », 1965 ; *Nadja* Gallimard, « Folioplus classiques » ; *L'Amour fou,* Gallimard, « Folio », 1976 ; *Entretiens,* Gallimard, « Idées », 1969 ; *Position politique du surréalisme,* Denoël-Gonthier, « Médiations », 1972.

Jacqueline CHÉNIEUX-GENDRON, *Le Surréalisme,* PUF, 1984.

Gérard DUROZOI et Bernard LECHERBONNIER, *Le Surréalisme, théories, thèmes, techniques,* Larousse, 1971.

Paul ÉLUARD, *Donner à voir,* Gallimard, « Poésie/Gallimard », 1978 ; *Œuvres complètes* (t. 1), « Bibliothèque de la Pléiade ».

Maurice NADEAU, *Histoire du surréalisme,* Éditions du Seuil, 1964.

Genre et registre

Un duo d'artistes

LES MAINS LIBRES EST UN OUVRAGE QUE L'ON PEUT RANGER dans la catégorie des livres d'artistes réalisés en collaboration. Le recueil se distingue des ouvrages illustrés proprement dits dans lesquels les textes qu'un écrivain a d'abord écrits sont ensuite soumis à un artiste, peintre, dessinateur ou photographe qui les orne de quelques-unes de ses productions anciennes ou inédites. Entre les deux artistes alors il se pourrait qu'il n'y ait d'autre lien que celui d'une affinité supposée. Tout autre est le cas d'Éluard et de Man Ray. Ils ont conçu ensemble le projet d'un livre qui associerait dessins et poèmes selon un principe que le sous-titre explicite : « Dessins de Man Ray illustrés par des poèmes de Paul Éluard ». Désireux de retourner les usages — et notamment celui de l'illustration classique, qui fut plaisamment parodié et remanié par Max Ernst notamment — les auteurs ont délibérément bouleversé l'ordre d'exécution : d'abord les dessins qui constituent la matrice graphique et figurative de l'entreprise, le point d'ancrage d'un « voir » originel ; ensuite les poèmes, qui sont conçus non pas comme des commentaires ou des descriptions, mais bien comme des illustrations — et il convient de prêter à ce terme toute sa force imaginative et imaginante. Illustrant le dessin dont il est en quelque sorte le prolongement, le poème est à son tour créateur de figuration : il donne à voir avec des mots, tout se passant comme si, entre les deux médias, le dessin et le texte, opérait un échange de propriétés et de valeurs, une espèce d'osmose d'énergie placée sous le signe souverain de l'image.

Avant de s'engager dans l'aventure poético-graphique des *Mains libres*, Éluard a, par trois fois, réalisé en collaboration avec des peintres, André Lhote et Max Ernst, des œuvres où le dialogue du texte et de l'image est au centre de la dynamique d'invention poétique. *Répétitions* (1922) et *Les Malheurs des immortels* (1922) sont deux recueils qu'on pourrait qualifier de « coopératifs » : les poèmes d'Éluard y répondent, sur le mode de l'écho ou de la correspondance non redondante, aux collages ou aux images de Max Ernst. En 1935, il compose avec Man Ray une plaquette intitulée *Facile*, enlaçant littéralement les poèmes aux photographies de nu. De même, convaincu des vertus créatrices de l'échange, Éluard a participé à la rédaction d'ouvrages collectifs, avec Benjamin Péret, mais surtout avec Breton (*Notes sur la Poésie*, *L'Immaculée Conception*) et avec Char et Breton (*Ralentir travaux*). Dans *Donner à voir* (1937), il se fait le chantre d'une poétique de la réciprocité, seule capable selon lui d'ouvrir véritablement les portes de l'inconnu et de mener à l'exploration des domaines partagés de l'imaginaire. « La poésie ne se fera chair et sang qu'à partir du moment où elle sera réciproque. » Cette incarnation totale de la poésie, il est permis de dire qu'elle advient dans *Les Mains libres*, tête-à-tête du peintre et du poète, duo d'artistes, qui est aussi un hymne à la liberté de création de chacun dans la commune présence du visible et du lisible.

1.

Illustration et poésie

1. *Une histoire d'amitié et de poésie*

Le projet des *Mains libres* a pris naissance lors des vacances d'été de l'année 1936. Un air de bonne humeur et de gaieté collective souffle sur toute la France : le Front populaire invente les congés payés, et les artistes se laissent porter par cette vague joyeuse qui emmène au bord des rivières et sur les plages des familles éblouies. Retour de Londres où s'est tenue l'exposition surréaliste, Éluard et Nusch quittent Paris en juillet 1936 et se rendent, en compagnie de Man Ray et de son amie Adrienne, à Saint-Raphaël. Ils s'installent dans le Sud jusqu'au début du mois de septembre, s'autorisant des déplacements à Mougins et à Saint-Tropez, des baignades, des siestes. Ils y retrouvent Picasso et Dora Maar, Roland Penrose et Lee Miller. La période est propice à la détente et aux discussions entre amis. Une communauté d'artistes se trouve ainsi réunie, et si chacun se livre à ses occupations (comme le dit Éluard, « Man Ray prend photos sur photos »), tous participent d'une même atmosphère, d'un même souci de partage et de bien-être. Dans son *Autoportrait*, Man Ray évoquera de façon plus ou moins fidèle cette période bénie des vacances méridionales : « Nous habitions tous à la pension des “Vastes horizons" dans la campagne de Mougins au-dessus d'Antibes. Nous prenions nos repas sous une tonnelle de vigne. Le matin, nous allions à la plage, nous déjeunions sans nous presser, puis nous nous retirions dans nos chambres pour faire la sieste et peut-être l'amour. Mais nous travaillions aussi. Le soir Paul Éluard nous lisait son dernier poème, Picasso nous montrait le portrait de Dora aux yeux étincelants ; quant à moi, je m'étais engagé dans une série de dessins extravagants mais réalistes, qui parurent d'abord dans un livre intitulé *Mains libres…* »

Comme le fait remarquer Jean-Charles Gateau, il est fort probable que le projet d'un livre en collaboration ait pris naissance au cours de cet été 1936, Man Ray ayant entrepris de composer des « dessins extravagants mais réalistes » destinés, comme il le confiera, à le « reposer » de la photographie. Mais c'est en décembre de la même année ou en janvier 1937 au plus tard qu'il confie à Éluard un premier ensemble de dessins auxquels se mêlent des dessins réalisés antérieurement, comme « Burlesque », qui est daté du 11 avril 1936, et « La glace cassée », daté du mois de mai 1936. Dès lors, le poète s'attelle à la tâche et l'on peut considérer que le mois de février est pleinement mis à profit. À Nusch, le 4 février 1937, il écrit ainsi : « Depuis que je suis rentré de Cannes, je travaille beaucoup. J'ai fait 40 poèmes pour illustrer des dessins de Man Ray. » Le 1er avril 1937, la *Nouvelle Revue française* fait paraître douze poèmes d'Éluard : « La toile blanche », « L'évidence », « Les sens », « Solitaire », « Les yeux stériles », « La mort inutile », « Le sablier compte-fils », « Paranoïa », « La Marseillaise », « La couture », « Où se fabriquent les crayons », « La femme et son poison ». Un deuxième lot de dessins, tous composés en 1937, est remis à Éluard par Man Ray, dans le but d'augmenter la matière du volume en préparation. En juillet 1937, les deux amis rendent visite au peintre Roland Penrose en Cornouailles. Des dessins comme « L'attente » (qui porte la mention London 37) et « L'arbre-rose » (daté de Cornouailles 37) l'attestent. En août, les deux artistes et leurs amis se réunissent à Mougins et il est permis de penser qu'à la faveur de ces vacances le projet qui avait germé un an plus tôt trouve son point d'achèvement. Le recueil est publié aux Éditions Gallimard à la fin de l'année 1937. Très vite, la critique ne retient de ce livre en collaboration que la pureté et la délicatesse des poèmes d'Éluard, reléguant à l'arrière-plan, pour ne pas dire plus, les dessins de Man Ray. Comme l'écrit, par exemple, André Silvaire dans *Messages* (1938) : « Pour un recueil de dessins assez dépouillés, assez pauvres, il a écrit une série de poèmes extrêmement délicats et purs. Il a su tirer de lignes et d'images indécises, primaires, une vie dense, une couleur poétique et rare. »

2. *Une composition libre*

À première vue, *Les Mains libres* ne semble pas comporter d'organisation interne particulièrement soignée. Ni composition suivie, ni agencement médité, qui donnerait à percevoir le dessin arrêté d'un plan, les lignes ordonnées d'un étagement ou d'une progression. La division du livre en deux parties numérotées est le seul indice structurel sur lequel le lecteur est invité à réfléchir. La première partie comprend trente poèmes et autant de dessins. Parmi ces derniers, certains sont datés de l'année 1936 (dix-sept), d'autres de 1937 (onze). Trois ne portent aucune indication de date. La deuxième partie renferme trente-six dessins et vingt-six textes (vingt-quatre poèmes et deux textes accompagnant les deux portraits du marquis de Sade). Dix dessins sont donc libres de tout répondant textuel : il s'agit de la série des six portraits et de la suite des « détails », échos amplifiés d'illustrations figurant par ailleurs dans le corps du recueil. Ainsi, le premier de ces détails est l'agrandissement de l'œil de Sade, le deuxième représente le nez et la bouche d'André Breton, le troisième reprend la chevelure de la femme du dessin intitulé « Burlesque », et le quatrième isole une partie du paysage de « Où se fabriquent les crayons ». Observons, en outre, que dans cette deuxième partie les dessins datés de 1936 cohabitent avec ceux de 1937, preuve qu'aucun souci chronologique ne guide ici la démarche. Tout indique, en revanche, que Man Ray et Éluard ont eu pour principe d'appliquer les quelques consignes que le poète avait formulées dans la courte préface de *Ralentir travaux* : « Il faut effacer le reflet de la personnalité pour que l'inspiration bondisse à tout jamais du miroir. Laissez les influences jouer librement… »

Si la composition se délivre ainsi de toute contrainte extérieure, il convient alors d'attribuer au hasard ou à la loi des convergences intuitives quelques effets significatifs. Par exemple, il n'est pas indifférent que la première partie s'achève avec le poème et le dessin intitulés « La liberté » et que la deuxième se referme sur « Les amis ». D'un point stratégique à l'autre du recueil se tisse un lien manifeste qui associe l'essor de la liberté — en amour, en art et en politique (l'année 1936 marque non seulement l'avènement du Front populaire mais aussi les premières salves meurtrières de la guerre civile espagnole) — au prix inaliénable de l'amitié. Il s'agit non pas de régler l'économie poème/dessin mais d'offrir au lecteur le loisir de circuler à sa guise dans un espace que balisent les seuls repères de l'image et du texte. Une lecture aléatoire, discontinue, privilégie la relation unique qui s'instaure entre les deux modes de représentation ; elle rend vaine toute tentative d'approche globale qui s'emploierait à cerner dans l'espace du recueil la ligne d'une histoire ou le développement d'une idée.

Les éléments encadrants du livre sont à cet égard révélateurs : le frontispice, placé hors texte comme il se doit, représente une femme nue à la chevelure tombante, allongée sur un pont qui pourrait être le pont d'Avignon. Le dessin marque, dès l'ouverture du recueil, la liaison symbolique qui permet le passage, la « suppression des distances » : du dessin au poème, d'un imaginaire à l'autre, d'une érotique à une physique — mais aussi d'un ami à un autre. Car il est manifeste que ce frontispice scelle l'amitié d'Éluard, de Man Ray et de René Char, poète résidant à L'Isle-sur-Sorgue (voir le poème « Avignon »). En somme, ce dessin annonce la préface qui suit, dans laquelle on peut lire : « Il y a plus de merveilles dans une main tendue, avide que dans tout ce qui nous sépare de ce que nous aimons. » En position terminale, rassemblant comme autant de vignettes destinées à orner la fin du livre, comme dans les manuscrits médiévaux, la série des six portraits couronne cette éthique et cette poétique du lien en célébrant l'amitié qui soude la communauté des artistes et de leurs inspiratrices : « La femme au bras cassé » représente Nusch, « Hommage à Nusch » réunit Nusch et Sonia Mossé, « À Picasso » représente Picasso et un nu de dos, cher au peintre espagnol, « La misère rend les faibles infâmes — les forts sublimes » est un portrait d'André Breton, « À Paul Éluard, 1936 » représente l'auteur de *Capitale de la douleur* de trois quarts, et dans le dernier portrait Man Ray s'est lui-même représenté portant de curieuses lunettes en forme de fenêtres. Ce détail attire l'attention sur le regard et les conditions de la vue — sujet au centre de la suite des « Détails », qui sont comme une initiation à l'art de voir par le grossissement caractérisé du trait.

3. *Lignes de fuite*

Ce recueil de 1937 — et plus particulièrement les dessins de Man Ray — témoigne ainsi d'une vie libre, dégagée de toute entrave. Il rend hommage à ceux qui étaient présents à Mougins et, au-delà, dans le midi de la France pendant les étés de 1936 et de 1937. Si la section intitulée « Portraits » s'apparente à une petite galerie intime, qui rassemble les effigies des amis chers, d'autres portraits sont disséminés dans le corps du livre : « Le désir », par exemple, est accompagné du portrait de Nusch, et les traits de Lee Miller sont reconnaissables dans « Le mannequin ». Sans doute Dora Maar apparaît-elle çà et là (dans « Belle main » notamment). De plus, le poème « Les amis », au titre non équivoque, perpétue la présence des résidents de ces mois miraculeux de juillet et d'août. Enfin, on peut observer que certains textes et dessins retracent un itinéraire méditerranéen, sinon une cartographie précise, du moins des points d'ancrage, des toponymes et des références qui, par métonymie, évoquent les pérégrinations du petit groupe d'amis : « Avignon », « Le château d'If », « La Marseillaise », « Les tours d'Éliane » (daté de Saint-Raphaël)… Le recueil peut ainsi être parcouru comme un journal de création où l'espace biographique rejoint l'espace imaginaire sans jamais toutefois verser dans la confidence ou l'anecdote. La conjonction de ces deux plans, biographique et poétique, engendre une dimension inédite : celle que le poème et le dessin produisent dans leur juxtaposition — et dans leur interaction.

Du rayonnement interne de l'image et du texte résultent des lignes de fuite qui dessinent comme une perspective diffractée. Jean-Charles Gateau, dans l'étude approfondie qu'il a consacrée aux *Mains libres,* invite à isoler plusieurs champs thématiques à partir des lois de la figuration graphico-poétique. Il propose de distinguer d'abord les dessins et les poèmes dans lesquels l'emportent les architectures massives et/ou menaçantes, comme c'est le cas notamment dans « Château abandonné », « Les tours du silence » ou « Le château d'If » : l'impression d'étouffement, voire d'incarcération y prédomine, qui connote l'enfermement dans un monde d'idées et de valeurs rassises. « Château abandonné » évoque, sous la forme d'un récit abrégé, la tombée du mutisme qui est l'équivalent de la mort : « La langue partit la première / Puis ce fut au tour des fenêtres / Il n'y eut plus que mort fondée / Sur le silence et sur l'obscurité. » À cette même thématique du figement et de l'empiègement dans l'immobilité funeste se rattachent des textes et des dessins qui mettent en avant le « masque ou le mannequin » comme figurations du leurre. Dans sa formulation resserrée, proche du haïku, « Narcisse » lève ce « Masque de poix » qui consacre l'aberration du moi. De même, « Le mannequin », s'il embellit l'enfance, demeure le support d'une illusion pouvant toutefois valoir initiation : « Petit pont de perfection / Premier amour de l'écolier ». Ce

« premier amour » — sans doute encore bien en deçà de l'amour — donne accès au désir et à la femme mais dans les limites resserrées d'une image captive, ainsi d'ailleurs que le suggère le dessin de Man Ray dont les lignes déshumanisent la figure en la raidissant (voir aussi « Burlesque).

Un autre axe thématique, séminal celui-là, privilégie la présence féminine conçue comme lieu de contemplation active et moyen d'émancipation. Car les structures de l'enfermement, si insistantes, sont vouées à se relâcher et à éclater grâce à l'intervention du désir : il importe, en effet, de conjurer « l'effet solennel dans la solitude » de « La femme portative ». « Les tours d'Éliane » l'atteste, qui annonce « Un espoir insensé » : le dessin figure le corps d'une femme surimprimé à l'enceinte d'une fortification et se dégageant de l'emprise des pierres et des tours. Nombreux sont les textes qui évoquent la sensualité libératrice, susceptible de triompher des mirages de la solitude et de la mort, laquelle ne donne « Qu'une plus grande ignorance / De la vie des autres » (« La mort inutile »). « Le don », « Les sens », « Les yeux stériles », « La Marseillaise » méritent d'être lus et interprétés dans ce sens. Et « La femme et son poisson » énumère les alliances créatrices que le corps féminin suggère dans son assomption poétique : « La vierge et son grillon le lustre et son écume / La bouche et sa couleur la voix et sa couronne ». Les valeurs permutent et les ordres s'échangent. Se déterminent ainsi les conditions d'une nouvelle évidence (voir « L'évidence »).

Un dernier paradigme visuel autant que verbal met le lecteur en présence de ce que nous appellerions volontiers des « compositions » : dessins et poèmes assemblant des motifs ou des éléments délibérément dépareillés ou disjoints. « Où se fabriquent les crayons » est représentatif de ce type de figuration qui mêle au paysage montagneux un clocher en forme de crayon, un serpent qui ondule… « Main et fruits » associe des coings et une main agile, tout comme « Le sablier compte-fils », « Rêve », « Au Bal Tabarin » ou « Les amis ». Ici comme là, la même logique d'organisation provoque des rapprochements saugrenus qui sollicitent l'attention, stimulent la rêverie. Mais c'est sans conteste le poème et le dessin intitulés « Objets » qui illustrent de façon exemplaire les lois d'un jeu figuratif qui défie les codes de la représentation par la seule vertu des juxtapositions intempestives.

2.

Configuration de l'écrit et de l'image

1. *Les deux systèmes*

S'il est désormais entendu que le poème « illustre » le dessin, il convient alors de s'interroger sur les principales modalités qui régissent la configuration du texte et de l'image. Il s'agit bien de deux systèmes distincts, qui se différencient par la mise en œuvre de deux fonctionnements sémiotiques bien dissociés : le point, la ligne, le modelé ressortissent au signe plastique, tandis que les mots et les phrases relèvent du signe linguistique. Celui-ci ne donne rien à voir — il peut tout au plus inciter à l'imagination, servir d'impulsion à la figuration intériorisée, mentale ; celui-là, en revanche, s'offre au regard et sollicite une accommodation qui privilégie la dimension spatiale, physique, matérielle de la représentation. Le poète a pris la mesure de cette « marge » qui sépare le visible du lisible, au point de la rendre parfois manifeste et de lui conférer une valeur dans la configuration même du texte. Il est frappant ainsi de constater qu'entre le dessin de Man Ray et le poème d'Éluard censé l'illustrer, il n'y a parfois que très peu de rapport, sinon pas de rapport immédiatement perceptible. Quel est le point conjonctif qui permet d'associer, par exemple, l'image et le poème intitulés « Le temps qu'il faisait le 14 mars » ? Il est malaisé d'établir un lien, même indirect — c'est-à-dire accompli par le relais des tropes (métaphore, comparaison, métonymie…) — entre ce visage de femme qui se renverse en arrière laissant apparaître au premier plan une paire de mains osseuses aux doigts effilés et, au second plan à gauche, un mégalithe dressé, ayant la forme approximative d'un menhir et portant à son sommet une autre pierre couchée à l'horizontale… Le poème d'Éluard ne décrit pas le dessin qui se tient en regard ; il ne l'évoque pas non plus, de façon oblique ou allusive. Un intervalle tient ainsi le texte à distance de l'image, moins pour les opposer que pour en faire valoir les qualités distinctives, et donc la spécificité respective. De même, dans le couple dessin-poème qui suit dans l'ordre du recueil, « Le sablier compte-fils », le lecteur peine à identifier, lors d'une première lecture, les motifs plastiques qui ont pu inspirer à Éluard le poème « illustrateur ». Deux mondes semblent ici s'envisager sans vraiment communiquer, c'est-à-dire échanger leurs valeurs, leurs topiques imaginaires ou leurs grammaires symboliques. Plus que jamais, la configuration d'ensemble de l'image et de l'écrit dans *Les Mains libres* libère l'écriture de toute servitude à l'endroit de ce qui risquait encore et toujours de constituer un modèle : il importe de ne pas imiter, de ne pas décrire. Partant du dessin, le poème s'en dégage. Comme le rappelle Éluard dans « Physique de la poésie » : « des images n'accompagnent un poème que pour en élargir le sens, en dénouer la forme » : La formule peut être renversée : des poèmes n'accompagnent une image que pour en étendre l'espace du visible, en déplacer la figuration. C'est ainsi qu'il faudra tenter de lire — et de lier — les éléments plastiques et langagiers qui sont mis en présence dans « C'est elle », « Paranoïa » ou « Oui ou non ».

Refusant tout effet de clôture ou de bouclage du sens, les dessins de Man Ray comme les poèmes d'Éluard multiplient les marques d'ouverture. On aura, par exemple, noté que les images ne possèdent pas de bordure, pas de limites qui permettraient de les insérer dans un espace nettement circonscrit. « Fil et aiguille », « La toile blanche » ou « L'évidence » — trois ensembles qui se suivent — présentent des illustrations qui échappent à tout effet d'encadrement, signe d'une instabilité ou d'une mobilité de l'image, toujours susceptible de changer d'état et de donner accès à un autre espace, à une autre scène. Si certains dessins s'ordonnent schématiquement en perspective et fixent un lointain, c'est pour mieux suggérer la possibilité d'une échappée, ainsi que l'attestent par exemple « La liberté », « L'aventure » ou « L'arbre-rose ». Nul doute que cette caractéristique ne trouve son équivalent verbal dans l'ordre du poème. Ce « décadrage » du texte tient notamment à l'absence de signes de ponctuation graphique et à l'actualisation d'une syntaxe qui se fait volontiers moyen d'espacement et d'ouverture. En faisant se succéder huit verbes à l'infinitif, « L'angoisse et l'inquiétude » récuse toute espèce de fixation ou de stabilisation du sens. De même, « La lecture » enchaîne des procès que les différents temps verbaux (imparfait, présent) ne permettent pas d'unifier ; ce flottement est corroboré par les effets d'ambiguïté qui affectent l'emploi des pronoms personnels : le pronom « elle » des vers 4 et 5 renvoie-t-il à la « pudeur » ? Et qui est désigné par le pronom indéfini « on » ? Il est plus que probable qu'une telle configuration réponde à l'exigence poétique de la « marge blanche » dont Paul Éluard souligne l'importance dans *L'Évidence poétique* :

> Les poèmes ont toujours de grandes marges blanches, de grandes marges de silence où la mémoire ardente se consume pour recréer un délire sans passé. Leur principale qualité est non pas, je le répète, d'invoquer, mais d'inspirer. [...] On rêve sur un poème comme on rêve sur un être.

2. *Formes et formats*

Pour autant, ni les dessins ni les poèmes ne tombent dans l'abîme de l'informe. L'ouverture des deux systèmes, qui invite à rêver librement sur l'image comme sur le texte, s'accompagne d'indications relatives aux formes et aux formats. Le dessin, dans la grande diversité de ses occurrences, et parfois même dans la variété de ses manières, n'en demeure pas moins dépendant d'un répertoire de formes et de genres avec lequel il se plaît à entretenir des relations détournées et contradictoires. Ainsi, on peut considérer que « Le désir », « La liberté » ou « La peur » se rattachent au modèle classique de l'allégorie, puisque dans un cas comme dans l'autre une idée ou une émotion se voit représentée sous les traits d'un être animé. De même, « La mort inutile » emprunte les voies formelles d'un genre qui se distingue par ses propriétés illustratives : la femme nue qui porte la main à sa gorge apparaît comme l'incarnation de la mort. Le dessin de Man Ray rappelle de plus, en un effet de citation estompé, le tableau *Le Sphinx* (1904) de Franz von Stuck. Il n'est pas indifférent d'observer que ces images particulièrement éloquentes suscitent un poème qui s'applique à resserrer les liens qui l'unissent au thème figuré, soit sur le mode de l'invocation — dans « Liberté » —, soit sur celui de l'orchestration imaginative et fantasmatique, comme c'est le cas dans « La peur », puisque la figure de la femme y est traitée en des termes qui connotent négativement l'animalité.

Les illustrations sollicitent d'autres genres propres à la tradition picturale. La nature morte est retrouvée dans « Main et fruits » et renouvelée dans « Oui ou non ». Le portrait ponctue le recueil et offre, à intervalles plus ou moins réguliers, quelques exemples de déplacements significatifs : « J. » emprunte pour les remanier les composantes du genre, puisqu'il importe moins de représenter une jeune femme identifiée que de créer un réseau d'échos énigmatiques entre la figure féminine, à la sensualité exagérée, l'heure affichée au cadran de l'horloge et la mention de la date : 3 septembre 1936. Un fonctionnement comparable, quoique simplifié, caractérise « Les sens » (voir en outre la série des « Portraits » figurant à la fin du recueil). On relèvera également le genre du paysage dont les conventions sont plaisamment détournées par Man Ray : « Fil et aiguille », « Château abandonné », « Le tournant », « Plante-aux-oiseaux », « Rêve », « Où se fabriquent les crayons » donnent à voir des « tableaux » qui cultivent l'art de la mise à distance et parfois de la dénaturation concertée. D'autres dessins encore font signe vers la feuille d'études qui recueille des esquisses préparatoires le plus souvent dépareillées, mais figurant sur la même page, de sorte que les motifs qui y cohabitent possèdent leurs propres coordonnées figuratives (thème, relief, modelé, perspective...). « La toile blanche », « Objets », et surtout « Au Bal Tabarin » (dessin dans lequel une ébauche de statue à l'antique est barrée d'une croix noire...) répondent aux critères formels de la feuille d'études. Mais là encore, il s'agit moins d'illustrer un genre proprement dit que d'en rappeler, par surimpression, le tracé dans le cadre d'un jeu visuel qui outrepasse à l'évidence les limites de la tradition et les normes de l'imitation. Derrière la forme de l'image se dissimule donc un format, repris et contesté, à la fois rejeté et retravaillé.

Mais le modèle générique qui sans doute est le plus exploité dans *Les Mains libres* est celui du nu. Il est présent dans la plupart des dessins et se prête à de nombreuses variations morphologiques. Il apparaît dès lors comme le motif graphique doté de la plus grande plasticité. Nu couché dans « La femme et son poisson » et « Les yeux stériles », nu aux yeux doux dans « J. », nu biblique dans « L'arbre-rose », nu éthéré dans « Belle main », nu symbolique dans « L'apparition », nu allégorique dans « La peur », le corps féminin se soumet à un traitement qui valorise ses attraits. Et le poème intitulé « Nu » est accompagné de l'image d'un ange dans une pose hiératique et artificielle, un corps à l'arrêt, délibérément stylisé et qui, précisément, n'est pas nu. Des ailes singulièrement rétrécies dissimulent sa poitrine et à l'entrejambe un blanc signale l'effacement du sexe. Cet être ne relève pas du « pays des figures humaines », pays du désir et de l'amour, dont *Les Mains libres* propose de dresser la cartographie libre et fiévreuse entre l'image et le texte.

3. *Placement libre*

Au moment où il entreprend de composer les poèmes destinés à illustrer les dessins de Man Ray, Éluard s'astreint d'abord à la forme resserrée du texte bref, proche du haïku, alliant propriété descriptive et force sentencieuse, et renfermant, en peu de mots et d'images, un univers riche et évocateur. La brièveté lui est familière (on pourra lire les onze haïkaï de *Pour vivre ici* en 1920) et il sait quels miracles de densité, quelles fécondes combinaisons il pourra extraire d'un art de la condensation qui fait l'économie des mots-outils, des articulations logiques et des développements explicatifs. Quelques-uns des poèmes des *Mains libres* témoignent de cette décision esthétique et offrent une gamme variée d'occurrences allant du poème monostiche (composé d'un seul vers) au poème de trois ou quatre vers. « L'attente » ne comporte qu'un seul et unique vers de douze syllabes : « Je n'ai jamais tenu sa tête dans mes mains », qui apparaît comme la légende décalée du dessin de Man Ray représentant des mains vieillies tenant une toile d'araignée au centre de laquelle trône l'insecte artisan, symbole d'une activité de tissage improductive et vaine. Ne contenant que deux vers, comme « Feu d'artifice », « Burlesque » ou « Les mains libres », « Les tours d'Éliane » s'ordonne autour de l'ellipse du verbe et associe un énoncé prédicatif, « Un espoir insensé », et son relais comparatif, « Fenêtre au fond d'une mine ». Les deux éléments convoquent un univers souterrain étouffant (mine) au sein duquel les termes d'espoir et de fenêtre — valeurs positives liées aux suggestions provoquées par le corps féminin du dessin en regard — introduisent une éclaircie. Mais les poèmes dont le fonctionnement interne se rapproche le plus de celui du haïku sont « Narcisse » et « L'espion » : ils renferment l'évocation allusive d'un monde matériel et concret dont les motifs cependant s'avèrent porteurs de valeurs symboliques, morales ou philosophiques. Ainsi, les « yeux fermés » de « L'espion » traversent toute « L'épaisseur de la vue », triomphant des obstacles solides que les apparences et les habitudes dressent entre le réel et le rêveur. La brièveté favorise le jeu des associations et des superpositions.

En progressant dans son travail, Éluard toutefois ne s'en remet pas exclusivement aux vertus de la concentration. Il opte aussi pour une forme plus longue, plus aérée, dégagée dans son allure comme dans son développement, et dans laquelle il est difficile de retrouver l'ancien jeu du vers. Ni strophes régulières, ni mètres récurrents, ni rimes systématiques, le poème se fait espace sans cesse recomposé, propice à un placement libre des mots et des images, selon un rythme toujours modulable. Suivant l'exemple des dessins de Man Ray — qui eux-mêmes, doit-on le rappeler, se moulent sur la discontinuité aventureuse du texte surréaliste —, Éluard varie les modes d'organisation verbale, les agencements formels. Recourant le plus souvent à des schémas syllabiques comptés (de 4 à 12 syllabes), de préférence pairs (voir, par exemple, « Belle main »), il laisse dans le texte « les influences jouer librement » et tente de donner « à la spontanéité sa valeur pure » (préface *de Ralentir travaux*). Quoi qu'il soit, tout concourt à assembler différents plans de référence, différents domaines de perception ou de sensation, différents ordres d'intelligibilité, pour les amener à s'interpénétrer, à communiquer les uns avec les autres. De ce point de vue, le poème « Le mannequin » est révélateur d'une ambition qui rencontre dans le vers terminal sa formule programmatique : « Suppression des distances ». Et il n'est pas sans effet, à ce stade, que « La mort inutile » ne donne rien « Qu'une plus grande ignorance / De la vie des autres ». La relation est le principe d'une écriture qui, sous des dehors fragmentaires, aspire à ressaisir la profonde consonance des aspects multiples du réel. C'est pourquoi « L'évidence » aligne dans la perspective d'un seul et même regard la diversité d'un monde appelé à se réunir : « L'homme la plante le jet d'eau / Les flammes calmes certaines bêtes / Et l'impliable oiseau de nuit / Joignent tes yeux. » Le poème est ainsi jonction : il dissocie les apparences pour mieux renouer entre les motifs, les formes et les images un lien insoupçonné. Il établit, au-delà des illusions et des idées toutes faites, les courants convergents du désir et de la connaissance.

3.

Le désir et la connaissance

1. *L'amour la poésie*

En publiant en 1929 un recueil intitulé *L'Amour la poésie*, Éluard avait souligné la justesse d'une coïncidence : coïncidence entre le désir et le langage, entre la conscience de soi et l'attente de l'autre. L'amour n'était plus un thème immémorial de la poésie lyrique, mais l'aliment suprême d'un devoir : devoir de célébration de l'être aimé, certes, mais aussi devoir de réinvention du réel dans et par un verbe qui perpétue l'œuvre du désir et qui, sans jamais renoncer ou s'épuiser, met au monde les rêves : « Mes rêves sont au monde, Clairs et perpétuels. » Placé sous le signe tutélaire du marquis de Sade — dont le portrait se dédouble sous le crayon de Man Ray —, le recueil des *Mains libres* est aussi un bréviaire du désir, rappelant que le poème, comme d'ailleurs l'image, ainsi que le dit René Char, est « l'amour réalisé du désir demeuré désir » (*Partage formel*). Le poème « Le désir » ressaisit en un contraste violent (sang/lait) l'appétit qui est à la source d'une euphorie sans équivoque : les termes de « jeunesse » et de « bonheur », associés aux valeurs nourricières du sang et du lait, connotent la vitalité d'une force restaurée dans tout l'éclat d'une animalité primitive. Une voracité est ainsi portée au jour — aspect que préfigurait l'antithèse de la préface du livre : « Le dessin de Man Ray : toujours le désir, non le besoin. Pas un duvet, pas un nuage, mais des ailes, des dents, des griffes ». L'initiative accordée à la puissance désirante de l'homme impose que soient d'abord levées les barrières, transgressés les interdits, franchies les distances. De là l'importance de la leçon sadienne. Comme l'écrit Éluard dans *L'Évidence poétique* : « Sade a voulu redonner à l'homme civilisé la force de ses instincts primitifs, il a voulu délivrer l'imagination amoureuse de ses propres objets. » Il s'agit donc, au nom d'une égalité qui est la preuve la plus sûre de la dignité de l'homme, de provoquer, par l'affirmation subversive du désir, « la disparition d'un monde où la bêtise et la lâcheté entraînent toutes les misères ».

La poétique du désir qui gouverne textes et dessins

dans *Les Mains libres* rend solidaires les différents niveaux de l'expérience humaine et les différents étages de l'univers naturel. Le poème « L'arbre-rose », par exemple, consacre le débordement des forces vitales et annonce l'imminence d'une régénération — comme d'ailleurs le suggère l'image en regard : l'homme et la femme, dans leur nudité virginale, ne sont pas sans rappeler le couple édénique qui, immobile au pied d'une rose géante, regarde s'éloigner les bateaux de la civilisation. La dimension cosmologique rejoint discrètement cependant l'évocation du corps de la femme, promesse d'un accomplissement :

> L'année est bonne la terre enfle
> Le ciel déborde dans les champs
> Sur l'herbe courbe comme un ventre
> La rosée brûle de fleurir.

L'amour qui se lève au sein d'une terre en gésine est aussi celui qui irradie, selon un répertoire d'images apparentées, dans « Le don » ou « Les sens », deux poèmes qui évoquent l'expérience de l'union charnelle entre deux êtres conçue comme participation des corps aux différents règnes et aux différents éléments de la nature. Dès lors, la femme fait figure de médiatrice ; elle assure le passage entre les consciences, les corps, les humains et les choses. Elle est, en un mot, la puissance souveraine qui « Couvre toutes les distances » (« Pouvoir »). C'est pourquoi « La Marseillaise » désigne le désir comme « la clé de voûte » de l'existence et le pivot du langage. Grâce à lui, en effet, les mots du poème s'avèrent aptes à dessiner la femme comme ce profil qui « passe à travers / Les roseaux de ses bras », cette « Païenne éperdue de tendresse » vouée à transfigurer la condition serve et peut-être aliénée de l'homme :

> Ceux qu'elle cherche
> Ont tout au plus
> La conscience égoïste
> D'un menu gibier de prison.

Mais le poète est aussi en quête de la femme-désir qui, par sa seule présence et la vertu de son toucher, pourra mettre en pièces les mannequins et les statues, ces faux-semblants qu'il convient de neutraliser ou de détruire, ainsi qu'on peut le deviner à la lecture des textes et des dessins de « Femme portative » et de « C'est elle ». Dans tous les cas, importe l'élan libérateur qui conduit à découvrir, au-delà de soi et de ses proportions individuelles, le règne abondant du partage, ce « Pays des figures humaines » où sont abolies les frontières et les distinctions arbitraires. « J'ai si souvent senti que j'étais partagé / Femme habillée et mâle dépouillé / Que je ne sais si j'aime ou si je suis aimé » (« L'apparition »).

2. *Jeu de mains*

À cette œuvre du partage les mains coopèrent activement. Le motif est récurrent dans le recueil et se signale à l'attention du lecteur comme un principe de liaison, sinon de cohésion. Le texte de la préface y insiste d'emblée : « Il y a plus de merveilles dans une main tendue, avide que dans tout ce qui nous sépare de ce que nous aimons. » Ainsi, la main apparaît comme l'organe privilégié d'une communication sans pareille qui rapproche et renoue les entités disjointes sous le chef commun de l'amour. Signe ou symbole du lien, elle s'immisce dans la plupart des dessins de Man Ray et invite à un parcours qui superpose graphisme et écriture.

Dotée d'abord d'une vertu opératoire éminente, la

main est l'instrument d'une modification, voire d'une transformation de l'image et du poème. De l'empreinte métamorphique de « Belle main », où d'une paume gracile surgit le buste d'une femme à l'opulente chevelure, à l'intervention manuelle de « L'espion », qui se saisit des solides, tout démontre qu'il s'agit, par ce motif, d'inscrire dans la figuration un geste qui déplace et réagence les données immédiates de la perception. « Main et fruits » associe des éléments qui témoignent d'une affinité secrète dans l'harmonie des formes et des lignes. Sans doute faut-il y voir également la présence du créateur, dont l'ombre active s'introduit pour le déranger dans le cadre de la représentation, ainsi que semble le suggérer le dessin de « Brosse à cheveux » : brosse du peintre, en fait, qui corrige une image imparfaite en provoquant un collage involontaire. « Pouvoir » illustre cependant le « vertige de la main dominante », qui exerce sa toute-puissance sur les corps, notamment le corps de la femme, dès lors transformé en poupée inerte (voir également la menace de la main dans « La peur »). Les doigts se saisissent de l'objet du désir et le réduisent « à l'impuissance ». C'est là une autre façon d'user de ses « dents » et de ses « griffes ». De l'idéal de maîtrise au fantasme de domination, la main se prête ainsi à divers emplois. Son ambivalence mérite d'être soulignée : tantôt moyen de clôture et d'étranglement, tantôt élan d'ouverture et de libération (comme dans « Des nuages dans les mains »), elle porte au jour l'agilité qu'il convient de désentraver afin de la rendre apte aux devoirs suprêmes du désir et de la connaissance.

C'est d'ailleurs dans cette perspective qu'Éluard interprète le motif, sauf exception notable. Dans un poème de *La Vie immédiate*, « Peu de vertu », il avait déploré la lassitude des « Mains agitées aux grimaces nouées ». Le poème « Être » des *Yeux fertiles* célèbre quant à lui « Tes mains claires et compliquées / Nées dans le miroir clos des miennes ». Attestant le jeu d'une réciprocité, la main chez Éluard est habile à dénouer les effets trompeurs des apparences. Créatrice, elle donne accès à une connaissance insoupçonnée, peut-être même permet-elle d'entrouvrir les portes d'une surréalité à peine pressentie. Dans « Histoire de la science » résonne cette injonction : « Que tes mains te délient. » Il s'agit, en effet, de s'affranchir des conditions limitées d'une conscience de soi et des autres, de se laisser guider par l'intuition des mains désirantes et voyantes qui transpercent « l'épaisseur de la vue ». Le poème « L'aventure » évoque cet « instant où se rompent les digues » :

> Répands tes mains
> Sur un visage sans raison
> Connais ce qui n'est pas à ton image
> Doute de toi
> Connais la terre de ton cœur
> Que germe le feu qui te brûle.

Comme les nuages qu'elles soutiennent — dans « Des nuages dans les mains » —, les mains sont la promesse d'un inconnu qui n'a reçu ni forme ni vocable. Il appartient au poème et au dessin de le faire advenir.

3. *Énigme et humour*

Cette poétique de la connaissance, qui assigne à l'image et au texte une fonction d'invention, quasi épiphanique, s'accommode des effets combinés de l'énigme et de l'humour, deux modalités qui ont en commun de recourir à des détours et à des médiations. Ainsi, « Le tournant » nous met en présence d'un dessin qui représente un virage à flanc de montagne — paysage qui n'est pas sans rappeler la côte escarpée de la Méditerranée —, sur lequel une main vient se greffer, comme si elle soutenait la masse rocheuse ou cherchait à s'y agripper. L'assemblage des motifs est pour le moins saugrenu : si sa signification ne se livre pas immédiatement, il provoque toutefois ce léger recul, cette non-adhésion plaisante qui est le propre de l'humour. Le texte d'Éluard, extrêmement ramassé, s'apparente à une légende, voire une devise : « J'espère / Ce qui m'est interdit. » Le goût de la transgression s'affirme dans une formule qui entend faire litière des obstacles et des tabous. Il s'enrichit d'une audace qui est le moteur de toute connaissance : « *sapere aude* » (ose savoir). Ainsi, le dispositif texte-image illustre-t-il la soif de savoir qui ne va pas sans risque ni danger.

L'humour peut surgir aussi d'un effet de citation détournée. « Les yeux stériles » démarque le titre du recueil *Les Yeux fertiles* d'Éluard, dans lequel le poète loue, notamment, le don de voyance de Picasso, la fertilité de son regard d'artiste qui ressaisit le monde à son aurore. Accompagné de la mention autographe « *To sterile eyes* », le dessin de Man Ray est, comme le dit Jean-Charles Gateau, « une plaisanterie à l'humour masochiste », puisque la stérilité dont il s'agit serait en l'occurrence celle du dessinateur-photographe qui ne sait, comme fait le peintre, inventer un rapport d'adhésion, d'étreinte sensuelle, avec le réel et ses phénomènes. Ainsi, le nu couché dans une pose alanguie se trouve-t-il à distance, comme détaché de la vue qui est censée l'élever à la considération de tous. Les lunettes figurant au premier plan sont l'indice de l'appareil optique de Man Ray, ici délaissé, abandonné aux pieds de ce corps et ne donnant rien à voir que leur ombre renversée. De cette énigme personnelle, Éluard ne retient que la profondeur virtuelle que la séparation des motifs dans l'image permet d'indiquer. Il choisit d'élire le corps de la femme comme lieu d'une éclosion magique qui couronne l'accomplissement du désir. Le nu s'inscrit dans un espace de voyance qui est aussi un terrain de connaissance.

Mais le plus souvent, le texte et l'image se font construction énigmatique, en raison des motifs chiffrés qui les composent. « C'est elle », par exemple, apparaît, dans sa structure énumérative, comme une énigme soumise à divination du lecteur. La récurrence du tour présentatif « C'est elle » invite à s'interroger sur le référent auquel est supposé renvoyer le pronom personnel. Ni le déroulement du texte ni même sa clausule n'autorisent une réponse univoque et satisfaisante. Le jeu des hypothèses reste ouvert. Le dessin de Man Ray n'est pas plus éclairant : une femme plutôt vieillie, au regard absent, touche de la main gauche une espèce d'automate composite qui tient du robot, de la statue, du pantin articulé. La figuration semble obéir au fonctionnement de l'allégorie, mais manque la clé. Là aussi, les conjectures vont bon train. De la même façon, il est malaisé d'articuler au sein d'une séquence visuelle cohérente tous les éléments qui figurent dans « Objets ». Et le poème en regard, loin de réduire l'énigme, l'accroît encore par des formules qui affichent le refus de la réduction logico-sémantique : « Dans cette chambre que j'habite / J'assemble tous les paysages. » Il y a fort à parier que l'insistance mise sur la dispersion des motifs et l'absence de toute organisation visuelle ressortit aux mécanismes conjoints de l'énigme et de l'humour, celui-ci s'autorisant de l'obscurité de celle-là pour lever les interdits, pour suspendre, en vue d'une connaissance supérieure, les censures de la conscience et de la morale.

Pour prolonger la réflexion :

Sarane ALEXANDRIAN, *L'Art surréaliste,* Hazan, 1969.

François CHAPON, *Le Peintre le Livre. L'âge d'or de l'illustration en France 1870-1970,*

Flammarion, 1987.

Nicole BOULESTREAU, « Les avatars de l'emblème dans *Les Mains libres* », dans *Éluard a cent ans,* textes réunis par C. Guedj, L'Harmattan, 1998.

Luc DECAUNES, *Éluard, l'amour, la révolte, le rêve,* Balland, 1982.

Jean-Charles GATEAU, *Paul Éluard et la peinture surréaliste (1910-1939),* Genève, Droz, 1982.

Daniel GROJNOWSKI, « Man Ray, l'homme qui rayonne » dans *Usages de la photographie,* Corti.

Édouard JAGUER, *Les Mystères de la chambre noire,* Flammarion, 1982.

Louis PARROT et Jean MARCENAC, *Éluard,* Seghers, « Poètes d'aujourd'hui », 1965.

Man RAY, *Autoportrait,* Robert Laffont, 1964.

Jean-Pierre RICHARD, « Paul Éluard », dans *Onze études sur la poésie moderne,* Le Seuil, 1964.

Werner SPIES, *Le Surréalisme et son temps, Un inventaire du regard. Ecrits sur l'art et la littérature* (vol. 7), Gallimard, 2011.

L'écrivain à sa table de travail

Les lois de l'attraction

« POUR COLLABORER, PEINTRES ET POÈTES SE VEULENT LIBRES. La dépendance abaisse, empêche de comprendre, d'aimer. Il n'y a pas de modèle pour qui cherche ce qu'il n'a jamais vu. À la fin, rien n'est aussi beau qu'une ressemblance involontaire. » Ces quelques lignes de Paul Éluard, extraites de « Physique de la poésie » (*Donner à voir*), fixent l'ambition paradoxale de l'œuvre en collaboration. Loin de se placer sous la tutelle de la poésie, avec laquelle il chercherait vainement à rivaliser, le dessin affirme son autonomie et se laisse porter par une invention sans limites ni contraintes. De même, le poème n'épouse pas le graphisme et son modelé, il n'aspire pas à décrire ou à commenter l'image : il semble tout au contraire se mettre à l'écoute des courants souterrains qui le gouvernent. *Les Mains libres* bouleversent ainsi les lois classiques de l'*ut pictura poesis* qui enseignait, à la Renaissance et au XVIIe siècle, que le tableau devait être comme la poésie, c'est-à-dire comporter comme elle un récit, des épisodes édifiants, des héros mémorables. L'image était alors l'illustration brillante d'une source littéraire, mythologique ou biblique. La tradition rhétorique de l'*ekphrasis* se voit également récusée, puisque le poème, de son côté, ne s'offre plus comme la description d'une œuvre plastique dont il se proposerait de donner un équivalent langagier, par le moyen de toute une palette de couleurs, de tons et de contrastes. Domine à présent le magnétisme propre à une attraction singulière : deux mondes se rencontrent sans se superposer exactement, se côtoient sans s'harmoniser, s'exposent et s'explorent mutuellement sans se confondre.

Le poème, univers verbal, dialogue avec cet autre univers, plastique, composé de formes, de lignes et de points. Ce dialogue est, spécifiquement, le fondement poétique du travail en collaboration. Il s'agit moins d'apporter ici et là des corrections, des ajustements, en fonction des remarques ou des requêtes que le peintre aurait pu adresser au poète ou vice versa, que de laisser deux imaginaires entrer en contact, se pénétrer et s'entretenir sans jamais se confondre. Les deux systèmes de signes — l'image et le poème — se mettent à agir et à interagir ensemble : ils collaborent, en ce sens qu'ils *travaillent* de conserve. C'est là une des données immédiates de l'activité surréaliste, car le dialogue, l'échange entre les poètes, est au cœur du « surréalisme poétique », comme le rappelle André Breton. Évoquant les initiatives pionnières d'écriture automatique à deux, qui furent à l'origine des *Champs magnétiques* (1919), il écrit : « Le surréalisme poétique [...] s'est appliqué jusqu'ici à rétablir dans sa vérité absolue le dialogue, en dégageant les deux interlocuteurs des obligations de la politesse. [...] Les mots, les images ne s'offrent que comme tremplins à l'esprit de celui qui les écoute » (*Manifeste du surréalisme*).

Mais les mots et les images possèdent aussi des propriétés motrices qui interagissent. Les deux systèmes, quoique différents comme nous l'avons vu précédemment, se rejoignent sur le terrain d'une visualité immédiate, intelligible ou non, énigmatique ou transparente, mais qui, dans tous les cas, fait appel aux ressources de la faculté imaginative. Il convient d'examiner la façon dont ces ressources sont mises en œuvre et en jeu dans un dialogue qui privilégie moins les convergences calculées que les chemins de traverse de l'irrationnel et de l'inconscient.

1.

Sous le signe de l'inconscient

1. *Une méthode d'exploration*

Sans doute la première impulsion qui agit au centre de ce champ d'attraction du poème et du dessin est-elle celle qui répond le mieux au processus d'engendrement de l'image surréaliste : rapprochement de deux réalités fort éloignées l'une de l'autre, susceptible de provoquer comme un télescopage, un heurt. De cette tension naît l'émotion poétique et le poète est un créateur de rapports — création involontaire, « automatique », ou inconsciente. Dans le poème « La nécessité » de *La Vie immédiate* (1932), Éluard écrit : « J'établis des rapports entre l'homme et la femme / Entre les fontes du soleil et le sac à bourdons / Entre les grottes enchantées et l'avalanche / Entre les yeux cernés et le rire aux abois... » Convaincus, entre autres — comme le professe Freud —, que la vie profonde du psychisme échappe à la lumière de la raison et aux lois d'un langage clair, logique, le poète et le peintre cheminent sur des crêtes parallèles : ils aspirent à dégager, sinon des lois, du moins des forces qui germent, poussent et s'incarnent dans des figurations déroutantes, dans des objets insolites. Attentif aux propositions avancées par Salvador Dalí et sa méthode paranoïaque-critique, Éluard entreprend en compagnie de Man Ray une « conquête de l'irrationnel ». Dans la partie en prose « Peintres » de *Donner à voir*, il cite un long extrait de l'essai de Dalí qui trace les lignes directrices d'une « méthode spontanée de connaissance irrationnelle basée sur l'association interprétative-critique des phénomènes délirants » :

> L'activité paranoïaque-critique ne considère plus isolément les phénomènes et images surréalistes, mais au contraire dans un ensemble cohérent de rapports systématiques et significatifs. Contre l'attitude passive, désintéressée, contemplative et esthétique des phénomènes irrationnels, l'attitude active, systématique, organisatrice, cognoscitive de ces mêmes phénomènes, considérés comme des événements associatifs, partiels et significatifs, dans le domaine authentique de notre expérience immédiate et pratique de la vie.

L'auteur de *La Vie immédiate* ne pouvait que souscrire à une telle visée : le désir et la connaissance sont les leviers d'une expérience qui engage l'homme dans sa dimension existentielle et la poésie est l'instrument par lequel cette expérience peut être sinon totalement comprise, du moins portée au jour, *inventée.*

2. *De l'image au texte : divergences, croisements*

Le poème et le dessin « Où se fabriquent les crayons » sont de ce point de vue révélateurs de ce monde des profondeurs, de cet irrationnel enraciné en l'homme et dont il importe d'indiquer le gisement. L'image est volontiers composite : elle fait cohabiter, de manière inattendue, un paysage apaisé et un serpent démesuré dont le corps onduleux passe sous le massif imposant d'une montagne enneigée. L'animal occupe le plan médian entre le fond immobile et le village endormi au premier plan. Pas une silhouette humaine, pas une ombre de vie. Seul le serpent se meut dans le paysage et, au centre de l'image, à la place du clocher de l'église, la pointe effilée d'un crayon dressé vers le ciel comme une bien curieuse sentinelle. Aucun message univoque et rationnel ne se dégage de ce dessin, et les quelques efforts que le lecteur se plaît à fournir, en vue d'une interprétation, s'avèrent bien impuissants à réunir les éléments convergents d'une hypothèse d'analyse. Toutefois, l'adverbe « Où », inscrit dans le titre, désigne un lieu et un lieu qu'il importe de localiser. Le serpent et le crayon ont en commun de surgir ou de procéder d'un monde souterrain, tout se passant comme si l'un et l'autre suggéraient précisément ce *topos* à trouver, cet atelier particulier où se fabriquent les crayons. Cet univers du bas, enfoui, invisible, serait donc le gisement secret du dessin et de l'écriture, le crayon renvoyant par métonymie à ces activités. L'illustration apparaît, dans ces conditions, comme la mise en forme non immédiatement intelligible, opaque parce que soustraite à l'empire de la claire raison, de ce règne de l'irrationnel que se partagent le génie créateur, transperçant de sa pointe l'église du village, et la tentation toujours transgressive de la connaissance, symbolisée par le serpent.

Singulièrement, le poème d'Éluard ne cite ni le serpent ni le crayon, autrement dit, il fait l'économie du système symbolique propre à la visualité graphique. Il opère ainsi un déport manifeste qui crée immédiatement ce heurt, cette disjonction plus ou moins forte requise par l'image surréaliste. Et il faut bien, à ce stade, se persuader que l'image désormais ne consiste pas seulement dans la figuration matérielle du dessin de Man Ray ; elle réside aussi dans la figuration abstraite du texte d'Éluard. Mieux : le rapport entre les deux médias, l'écrit et l'image, engendre du visuel, matériau de la création imaginative. Ainsi, au lieu du serpent, le texte nous offre « l'hirondelle », absente, ou suggérée au poète par les parties grisées du relief montagneux. L'oiseau métaphorise la clôture du jour et l'approche de la nuit — ce moment où la lumière décline, où le dessin s'efface (« La dernière à dessiner ») et laisse l'« œil déserté », abandonné, privé de vue. Dès les premiers vers du poème, Éluard invite à une lecture qui privilégie la topique nocturne, et l'opposition nuit/jour qui va bientôt ordonner le texte peut être redoublée par l'antagonisme irrationnel/raison, inconscient/conscience. De fait, le « sommeil animal » renvoie à une primitivité retrouvée de l'homme : la nuit se fait occasion d'une réconciliation par laquelle le tranquille village apprivoise le soir et s'en accommode. L'événement nocturne proprement dit repose bien sur ce rapport imprévu que matérialise en l'occurrence la dynamique instauratrice de la métaphore :

> Dans la paume du village
> Le soir vient manger les graines
> Du sommeil animal

Métamorphose de l'hirondelle en soir ? Il se peut fort que cette présence animale soit l'équivalent de ce qui, dans le dessin de Man Ray, prend la forme d'un serpent monstrueux sortant de terre et accédant ainsi à la visibilité. Quoi qu'il en soit, le congé donné à la pensée — laquelle s'efface et s'endort — laisse place à un univers sans bruits ni langage, un domaine régi par le silence que le poète seul sait susciter et interroger.

2.

Objets

1. *Règles de construction*

Les lois de l'attraction irrationnelle favorisent les substitutions les moins prévisibles. Comme dans le rêve — conçu par Freud comme le terrain privilégié de manifestation de l'inconscient —, le dessin et le poème opèrent par déplacement et condensation. De là une physique de l'image qui impose de considérer avec attention ses aspects les plus concrets, ses formes les plus singulières et les plus déroutantes, ses mécanismes d'engendrement et d'exposition, en vue d'une interprétation qui ne soit ni un appauvrissement ni une réduction. Il s'agit de témoigner des mouvements créateurs du psychisme profond qu'innerve l'énergie du désir.

Parmi les formations symboliques qui concentrent cette énergie se rencontre l'objet — à la fois l'objet trouvé, ustensile ou bibelot, si on peut dire, et l'objet inventé, rêvé, soumis comme une énigme soudaine au regard de l'homme. Comme Max Ernst ou Alberto Giacometti, Man Ray est un facteur d'objets insolites qui sont des combinaisons de formes et de matériaux dans lesquelles la raison s'égare au profit de la merveille. Son travail de photographe l'incite à provoquer des assemblages improbables, des réunions saugrenues dont le modèle demeure, bien sûr, celui de Ducasse : la « rencontre fortuite sur une table de dissection d'une machine à coudre et d'un parapluie ». Mais au-delà du caractère gratuit du télescopage ainsi produit, se vérifie l'ambition de poser, dans et par l'objet créé, une nouvelle relation de la conscience — ou plus simplement du regard — à l'imaginaire et à ses inventions. Cette relation est de nature érotique. C'est pourquoi, dans la plupart des cas, les objets de Man Ray associent des éléments dont les courbes et les galbes, les volumes et les matières connotent ou métaphorisent un certain rapport à la femme et à son corps, tout se passant comme si cette tension du désir vers son objet profond trouvait à se décentrer et à se fixer sur des relais adjacents ou des médiations concrètes. Ainsi, une création comme *Perspective d'un cube, d'une sphère, d'un cône et d'un cylindre* (1936), en dépit de son titre plutôt savant et technique, avoue sa part de sensualité et son lien avec la puissance désirante qui investit les formes et les solides. La série des *Objets mathématiques* (1936) l'atteste également : en tant que figuration spatiale et matérielle, l'objet apparaît comme une construction imaginaire, destinée d'abord à illustrer l'incessante dynamique des pulsions, l'activité sourde d'*eros*, qui donne éclat et consistance aux images en déplaçant et en condensant les motifs qui les constituent. L'objet ne vaut précisément qu'en tant qu'y cristallise cette puissance reclose, énigmatique, mystère voué à une progressive et lente élucidation. Comme le montre André Breton dans les pages qui relatent dans *L'Amour fou* sa recherche de « trouvailles » au marché aux Puces, ou dans celles de *Nadja* qui évoquent les brocantes de Saint-Ouen, ces objets délaissés et réinventés sont des « catalyseurs », ils sont doués d'une capacité de dédoublement ou de renversement qui les rend littéralement « pervers ».

2. *Érotique du visible*

Le dessin intitulé « Objets » est exemplaire d'un fonctionnement de l'image analogique du fonctionnement de l'objet. Il importe de remarquer que cette illustration rassemble sans tenter de les relier différents objets, disposés sur le fond d'un paysage neutre : un téléphone dont le fil a été coupé, une statuette africaine, un talon de chaussure de femme, une silhouette féminine enveloppée d'une robe aux plis tombants, un escalier qui ne mène nulle part, une tour de fortin, quelques cylindres indistincts… Le disparate l'emporte et livre le regard à une tâche immédiate d'identification et de mise en relation. Toute lecture d'image s'impose ce devoir et cherche à répondre à une première question : comment s'organise la représentation qui ordonne la représentation iconique ? À cette approche trop logique, le dessin de Man Ray semble vouloir résister, voire se dérober, invitant moins à articuler les éléments de la figuration en vue d'un tout cohérent et sémantiquement satisfaisant qu'à nouer un rapport singulier de l'attention à chaque motif pris isolément. Il se peut que par là s'éclaire, du moins en partie, la signification profonde de l'image. Il est frappant, par exemple, que le talon de chaussure, dont, rappelons-le, le galbe épouse la silhouette féminine et le contient, s'ajuste à la figure de la femme (sans tête), se substituant même d'une certaine manière à elle, comme par l'effet d'une métonymie. Remplacement qui, dès lors, incite à poser l'hypothèse d'une inscription de type fétichiste — au sens freudien du mot (un objet se voit investi par le désir et prend la place de l'objet du désir...). Singulièrement, ce terme de « fétichisme » est impliqué ou suggéré par la statuette africaine, qu'on peut aussi appeler fétiche. Deux figures se dressent sans se confondre : le fétiche de face et la femme de dos, positions qui ne sont pas indifférentes, naturellement, puisqu'elles manifestent le jeu de l'envers et de l'endroit. La condensation agit en rabattant les valeurs du fétiche sur celles de la femme et en faisant du talon l'indice d'une relation fétichiste à l'objet. La coloration érotique du dessin est de plus redoublée par quelques détails qui n'auront pas échappé au lecteur vigilant : la statuette est pourvue d'un pénis articulé, et le cylindre qui occupe littéralement la place de la tête de la femme — se surimprimant presque à la tourelle du fortin — ne dissimule qu'à peine sa nature phallique. On comprend mieux dès lors que, dans cette configuration symbolique, le téléphone ait été coupé et que l'escalier conduit en un lieu de nulle part : les communications avec les réalités positives ont été interrompues. De sorte que ces deux motifs, libérés en quelque sorte de leur fonction instrumentale, se trouvent disponibles ; ils prennent rang dans l'organisation fétichiste du dessin-objet et entretiennent, notamment par leurs caractéristiques graphiques, tantôt une relation interne avec la statuette (le téléphone la surplombe), tantôt avec le corps de la femme (l'escalier la jouxte). Ils sont donc susceptibles d'érotisation.

Délibérément en retrait de cet univers figuratif, le poème d'Éluard, assez bref, se donne moins comme un équivalent que comme une appropriation. Le « Je » y domine et y affirme activement ses prérogatives. Aux objets proprement dits, le poète préfère les « paysages », car l'assemblage dont il se prévaut ici convoque les différents plans du visible, les différents espaces imaginaires qu'à première vue le dessin de Man Ray met sous les yeux du regardeur. Et cette multiplicité est ressaisie dans une image évocatrice : « J'entre au bois diamant », formule calquée sur celle du « bois dormant ». Mais le diamant introduit l'un des attributs majeurs attachés à ce joyau, à savoir son aspect facetté, chaque facette étant comme un paysage, un miroir réfléchissant les aspects divers de ce monde intérieur ici comparé à une « chambre ». Chambre de résonance, mais aussi chambre noire, chambre de l'appareil photo auquel Éluard, en hommage à Man Ray, fait sans nul doute allusion.

3.

L'œuvre de la voyance

1. *Voir au-delà*

Pour Éluard, le peintre est celui qui fait accéder à une seconde vue : de l'objet à son interprétation, de l'apparence à l'être, de l'évidence à la connaissance, ce mouvement, qui est traversée du sensible, suffit à légitimer une démarche. Et il n'est pas rare que le poète, confronté au dessin de Man Ray, y puise les preuves d'un acte visionnaire. Plusieurs poèmes peuvent être lus comme la formulation d'une commune recherche de l'écrit et l'image, qui invite l'œil à s'arrêter sur les choses, comme il est dit dans « Histoire de la science », pour mieux les dépasser et les transfigurer. « Oui ou non » revient sur cette ambition : l'illustration et le poème — en dépit des différences notables qui les séparent — s'attirent et consonnent. Man Ray ne fournit en vérité que peu de matière à Éluard : une pelure d'orange, déroulée d'un seul tenant, et une fléchette. Ce croisement de motifs ne compose pas un univers ; il offre quelques indices dépareillés, avec lesquels le poème doit tenter l'ouverture, l'échappée dans l'inconnu. Non seulement les deux éléments appelés à cohabiter dans le dessin relèvent de deux ordres bien distincts (règne végétal, nature/objet manufacturé, culture), mais de plus ils s'opposent du fait de leur morphologie : la fléchette, en raison de sa forme, est plutôt associée à la droite, au trajet linéaire ; la pelure d'orange, en revanche, est tout en courbes et en volutes, elle dessine comme une arabesque aux extrémités enroulées. De cet antagonisme formel, Éluard dégage un premier argument : les quatre premiers vers se consacrent au dessin, mais au dessin comme mouvement ou trajectoire du trait (ce mot même de « trait », qui peut aussi signifier flèche, s'agglutinant au motif visuel de la fléchette). « Dessine le sort / Un trait d'acier sincère / Un trait filant droit / Sur des routes nouvelles. » Nul doute que ce trait inaugure un itinéraire, qui est tracé fulgurant du sort, dessin du destin : la ligne droite transperce ainsi l'épaisseur de l'ici et maintenant pour aboutir à un au-delà qui est accomplissement. Notons que la construction syntaxique ici entretient l'ambiguïté : soit le verbe « Dessine » est à l'impératif et exprime le souhait de celui qui parle ; soit il est au mode de l'indicatif et il s'inscrit alors dans le cadre d'une inversion verbe-sujet. Ainsi la valeur ne serait plus optative mais purement assertive. La différence n'est pas anodine : le vœu du poète effleure ici l'évidence du peintre. Le trait du dessin est soit accompli par lui-même, soit achevé par le trait du langage. Quoi qu'il en soit, le poème « Oui ou non » s'apparente à une tentative de compréhension du dessin comme pratique visionnaire. Et il se poursuit sur une évocation de la voyance poétique, recueillant « les bijoux tournoyants de la rébellion ». Car il s'agit bien de révéler cette « force future » résultant de la somme ardente des révoltes et des refus. Si l'expression « force future » n'est pas sans rappeler la « future Vigueur » du « Bateau ivre » de Rimbaud, elle engage l'avenir du poème et du dessin, désormais réunis dans le même combat, dans le même destin : mener à son terme la grande entreprise libératrice de l'esprit humain et, pour ce faire, imposer silence aux « grandes orgues de la raison ».

2. *Un seul regard*

Comme nous l'avons dit précédemment, ce devoir de libération est un des principes de cohésion des *Mains libres* — dont le titre affiche, comme une conquête récente, la liberté retrouvée, l'aisance des membres déliés. Le poème éluardien épouse cet élan émancipateur qui anime les figurations de Man Ray ; les deux artistes se rejoignent très exactement au point de croisement d'un geste destructeur, négateur, et d'un projet rénovateur et régénérant. Écrire et dessiner consistent ainsi à défaire l'ordre des choses et à remettre en jeu les forces conjointes du désir et de l'imagination. Le poème « Liberté » l'atteste, qui préfigure, au même titre d'ailleurs que « C'est elle », un texte plus tardif d'Éluard portant le même titre et résonnant, après la Seconde Guerre mondiale, comme le nouvel hymne des nations libres. Mais l'œuvre de la voyance s'accomplit dans un échange de regards qui, de l'image au texte, contribue à remodeler l'espace des valeurs symboliques. « Les tours du silence » révèle, à ce propos, une dynamique « interesthétique » particulièrement riche. Le dessin de Man Ray présente un château féodal abandonné à l'état de ruine, dont on voit bien qu'il matérialise l'ordre ancien, le monde figé des valeurs passées. Au pied de cet édifice gît une ombre et, sur les parois, d'autres ombres s'agitent en une espèce de danse dont on ignore si elle est funèbre ou joyeuse. Il semble, quoi qu'il en soit, que ces formes humaines, passablement étirées, tentent de se libérer de la prison de pierre qui les retient captives en les rendant muettes — d'où le titre « Les tours du silence ». Si l'image convoque ici une imagerie — celle des châteaux hantés de la tradition gothique, dont Breton était assez friand —, elle instaure cependant un degré de lisibilité qui requiert certaines références : au-delà de l'univers des fantômes, celui, plus historique, du donjon de la Bastille, qui se dresse à l'arrière-plan dans les deux portraits du marquis de Sade. À quoi s'ajoute, allusion plus métaphysique, le souvenir de l'allégorie de la caverne de Platon. Un condensé visuel sert efficacement une topique centrale — l'incarcération — et se prête ainsi à une « vision » poétique qui se fait volontiers voyance, c'est-à-dire préfiguration d'un avenir désentravé et libre. Tel est bien l'objet du poème d'Éluard qui, sous la forme d'un pronom de troisième personne « Ils » ressaisit d'emblée l'ensemble des hommes, l'humanité soumise à l'emprisonnement réel. Conciliant, dans un flottement calculé, la référence au monde gothique des fantômes — êtres invisibles et immatériels qui « ne sont ni jour ni nuit » — et le récit platonicien des ombres enchaînées dans la caverne, le texte s'achève par une hypothèse qui est prémonition : « Encore une chute de clarté / Et les pierres seront soleil. » Cette mutation du minéral en une matière ignée, qui est chez Platon source de connaissance au-delà des apparences du monde sensible, assure au dessin comme au poème une capacité de transfiguration qui confère aux mots et aux formes les vertus désaliénantes de la voyance. N'est-ce pas là, en un mot, le suprême accomplissement de l'imagination dont Breton disait qu'elle suffit à rendre compte « de ce qui peut être, et c'est assez pour lever un peu le terrible interdit » (*Manifeste du surréalisme*).

Pour prolonger la réflexion :

Sarane ALEXANDRIAN, *Le Surréalisme et le Rêve*, Gallimard, « Bibliothèque de l'Inconscient », 1974.

Robert BENAYOUN, *Érotique du surréalisme*, Éditions Jean-Jacques Pauvert, 1964.

René CHAR, « Alliés substantiels » dans *Recherche de la base et du sommet*, Gallimard, « Poésie/Gallimard », 1971.

Xavière GAUTHIER, *Surréalisme et Sexualité*, Gallimard, « Idées », 1974.

Alain JAUBERT, Valérie LAGIER, Dominique MONCOND'HUY et HENRI SCEPI, *L'Art pris au mot ou comment lire les tableaux*, Gallimard, 2007.

Pascaline MOURIER-CASILE, « Le poème objet ou "l'exaltation réciproque" » dans *Lisible / visible : problématiques* (dir. P. Mourier-Casile et D. Moncond'huy), revue *La Licorne*, n° 23, 1992.

Yves PEYRÉ, *Peinture et Poésie. Le dialogue par le livre*, Gallimard, 2001.

Groupement de textes

L'exaltation réciproque du texte et de l'image

DÉFINISSANT LE GENRE HYBRIDE DU « POÈME-OBJET », Breton le présente comme « une composition qui tend à combiner les ressources de la poésie et de la plastique et à spéculer sur leur pouvoir d'exaltation réciproque » (*Le Surréalisme et la Peinture*). Comme nous l'avons dit, cette « spéculation », qui invite à tirer le meilleur de la rivalité émulative de l'image et du texte, ne date pas d'hier : elle plonge ses racines dans le terreau de l'équivalence des arts tel que l'Antiquité et la Renaissance vont contribuer à le vivifier. De la tradition de l'*ekphrasis* à celle des emblèmes, en passant par toutes les formes de transposition d'une esthétique à l'autre, abondent les œuvres qui associent le visible et le lisible selon des accommodations formelles qui répondent soit à des codifications établies, soit à des hypothèses plus empiriques. Si longtemps la comparaison de la poésie et la peinture s'est fondée sur une l'idée d'une égalité, voire d'une gémellité, la modernité artistique aura tendance, au contraire, à affirmer la spécificité et l'autonomie de chacun des médias. Mais les recherches communes des poètes et des peintres, au tournant du XXe siècle, le compagnonnage stimulant de Guillaume Apollinaire et des cubistes, de Blaise Cendrars et de Sonia Delaunay, d'André Breton et de Pablo Picasso, d'Éluard et de Man Ray, entre autres, inspire de nouvelles approches et favorise l'essor d'une vision esthétique rassemblant, sous la catégorie désormais redéfinie de poésie, toute création verbale ou visuelle, langagière ou plastique, destinée à mobiliser totalement les ressorts de l'imagination et sa puissance de transformation des données immédiates de la perception. Les usages de l'illustration s'en trouvent logiquement bouleversés, de même que surgissent, au sein des formes canoniques de la poésie, des objets inédits, des assemblages icono-textuels dont les contours échappent aux grilles imposées des genres. Du livre en collaboration, qui associe dans un même dessein l'écrivain et le peintre ou le plasticien aux expérimentations libres auxquelles s'adonne le poète-peintre, maniant à la fois dans le double espace du livre la plume et le pinceau, toute une palette de gestes et d'attitudes s'offre au regard de l'observateur.

Les textes regroupés dans cette section donnent à lire un cheminement théorique aussi bien que le devenir d'une pratique. Si Maurice Scève dans *Délie* recourt aux moyens illustratifs de l'emblème, il prolonge un usage qu'il s'emploie cependant à décentrer, dans le but de tisser entre le poème et l'image les liens d'un accord ou d'une résonance qui ne soit pas de pure convention. De même, les entreprises respectives de Breton et de Miró, de Ponge et de Dubuffet, de Char et de Zao Wou-Ki incitent à la distance : l'œuvre du peintre y est célébrée par le langage poétique, certes, mais c'est encore afin d'instaurer une échelle des écarts qui rende à chacun des arts sa densité spécifique, et le pouvoir d'une entente dans la différence. Mais lorsque Michaux combine, au sein d'un même recueil et parfois sur une même page, signes linguistiques et signes plastiques, il recherche à instaurer un rythme visuel et mental accordant à la trace matérielle de l'image et du texte une valeur de premier plan — tout comme Apollinaire concevant ses « idéogrammes lyriques », prototypes d'une plasticité de l'écrit et du dessin rendus solidaires par le caractère indivis de l'objet poétique.

Maurice SCÈVE (1501-1560)

Délie (1544)

(Poésie/Gallimard)

Les poèmes qui composent Délie *sont accompagnés de cinquante gravures sur bois. Chacune d'elles précède une suite de neuf dizains qui dialoguent avec elle. Le livre de Scève s'inscrit par là dans la veine des recueils d'emblèmes qui connut un essor remarquable au* XVI*e* *siècle. L'emblème, contrairement à ce qu'on pourrait penser, ne se résume pas à la seule illustration ; il forme un dispositif dans lequel se combinent la gravure, la devise* (motto)*, qui peut être insérée dans l'image, et un texte, en français ou en latin, qui s'offre dans la plupart des cas comme le commentaire de cette dernière. De nature didactique ou esthétique, ce commentaire prend place dans un mécanisme icono-textuel qui assoit son efficacité démonstrative sur les pouvoirs de la redondance. On constatera que dans le cas des emblèmes de Scève, le poème versifié ne reprend pas, pour le répéter, le contenu de la gravure — seule la devise figure, légèrement remaniée, en position finale dans le premier dizain de chaque série. Une autre logique gouverne la relation établie entre illustration, devise et texte, qui relève plutôt de la réinterprétation symbolique ou spirituelle, ainsi que l'atteste, par exemple, l'ensemble composé du dizain CXIV et de sa gravure.*

Dido qui se brûle
« Douce la mort qui de deuil me délivre ».

Ô ans, ô mois, semaines, jours et heures,
Ô intervalle, ô minute, ô moment,
Qui consumez les durtés, voire seures,
Sans que l'on puisse apercevoir comment,
Ne sentez-vous que ce mien doux tourment
Vous use en moi et vos forces déçoit ?
Si donc le Cœur au plaisir qu'il reçoit
Se vient lui-même à martyre livrer,
Croire faudra que la Mort douce soit
Qui l'Âme peut d'angoisse délivrer.

Guillaume APOLLINAIRE (1880-1918)

Calligrammes (1918)

« Paysage »

(« Poésie/Gallimard »)

Ayant d'abord projeté de publier une mince plaquette d'idéogrammes lyriques intitulée Et moi aussi je suis peintre *(1914), Apollinaire joue un rôle pionnier dans le dialogue des arts à la charnière des deux siècles. Convaincu que les formes traditionnelles de la poésie sont appelées à se renouveler, il expérimente dans* Alcools *(1913) des rythmes inouïs et des associations d'images inattendues. La gamme du lyrisme s'enrichit d'emprunts nombreux aux slogans et aux affiches, de même que les registres les plus hétérogènes cohabitent au sein d'une écriture qui fait de la bigarrure et du discontinu une loi. Apollinaire use ainsi des techniques du collage et met au point une figuration fragmentaire et polymodale qui doit beaucoup aux apports de la peinture cubiste. Il publie, en 1913,* Méditations esthétiques. Les Peintres cubistes. *Dans* Calligrammes, *il renouvelle l'antique forme du poème figuré, à la fois image et langage, icono-texte générateur d'un rythme lyrique-visuel mobilisant l'œil et la voix. L'espace de la page accueille ainsi un assemblage de signes qui imposent une lecture non linéaire, dynamique et inventive. Le calligramme intitulé « Paysage » regarde vers la peinture et ses normes, comme son titre l'indique. Mais il propose, dans l'agencement de ses motifs, autre chose qu'un tableau…*

PAYSAGE

V
OI
LA ?
CI MAISON
OÙ NAISSENT
LES E
TOI LES
ET LES DIVINITES

CET
ARBRISSEAU
QUI SE PRÉPARE
À FRUCTIFIER
TE
RES
SEM
BLE

UN CIGARE allumé qui fume

a
MANTS
COUCHÉS
ENSEMBLE
VOUS
VOUS
SÉ
PA
RE
R
E
Z
MES
MEM
BRES

André BRETON (1896-1966) et Joan MIRÓ (1893-1983)

Constellations (1958)

Le réveil au petit jour

(dans *Signe ascendant*, « Poésie/Gallimard »)

Sous le titre Constellations *sont regroupées une série de vingt-deux planches réalisées par le peintre Joan Miró entre 1940 et 1941 et une suite de poèmes en prose directement inspirés de cet ensemble d'œuvres plastiques. Plus que jamais, la rencontre de la peinture et de la poésie provoque « l'exaltation réciproque » de leurs ressources respectives. Ni commentaire ni description, le texte de Breton épouse les lignes d'attraction et de diffraction d'une poétique de la différence. De même que les images qui s'enchaînent « participent et diffèrent l'une de l'autre à la façon des corps de la série aromatique ou cyclique de la chimie », de même les poèmes s'apparentent aux référents visuels et s'en détachent. Revenant dans la préface de* Signe ascendant *sur la définition de l'image proposée par Pierre Reverdy, Breton rappelle que « l'image analogique, dans la mesure où elle se borne à éclairer de la plus vive lumière des* similitudes partielles, *ne saurait se traduire en termes d'équation. Elle se meut, entre les deux réalités en présence, dans un sens déterminé,* qui n'est aucunement réversible ». *Nul doute que la planche et le texte n'engendrent ce mouvement décidé, qui — dans l'intervalle créé par la différence des arts — met au monde une commune présence du visible.*

À tire-d'aile s'éloigne le bonnet de la meunière et voilà qu'il survole le clocher, repoussant les cerfs-volants de la nuit, comme les autres en forme de cœurs et de cages. La charrue à tête d'alouette le contemple de l'herbe grasse. Au diapason de tout ce qui s'étire au-dehors, une dernière flamme se cambre au centre du lit frais défait. En contrepoint, dans le murmure qui s'amplifie s'essore une barcarolle dont jaillit tintinnabulant notre grand ami Obéron, qui règne sur le cresson de fontaine. Chut ! Sans plus bouger il nous convie à entendre le beau Huon frapper à la fois au Cent Portes. En effet le cor magique brame en chandelier dans le lointain. Le sang coulera mais il ne sera pas dit que le Chevalier manque à nous rapporter les quatre molaires et les moustaches au prix desquelles est Esclarmonde et s'accomplit le sacrifice quotidien.

Francis PONGE (1899-1988)

Matière et Mémoire

(*in L'Atelier contemporain*, Gallimard, 1977)

Œuvre en collaboration, Matière et Mémoire *ouvre l'espace d'un dialogue entre l'artiste lithographe et le poète. L'ouvrage se compose d'un texte de Ponge et d'une série de trente-quatre lithographies originales. Si l'écrit et l'image ne s'entremêlent pas, ils partagent, en revanche, un même lieu de confrontation et d'entente réciproque : le livre. Du travail du peintre l'écrivain cherche à extraire des gestes et des postures qui pourront éclairer sa propre démarche — tandis que du texte du poète le peintre attend moins un commentaire ou une tentative d'élucidation qu'une matière susceptible de nourrir la densité même de l'image. Comme le dit Yves Peyré, le « peintre précise le poète, et réciproquement. Chacun, éclairant l'autre, se rend plus clair à soi-même. Une certaine conception de la critique d'art (l'essai poétique sur l'art) est donc le pendant du livre de dialogue. Chacun visite son voisin, son frère, lui apportant son* *attention, pressé de lui offrir sa lumière » (*Peinture et Poésie. Le dialogue par le livre*). Le texte de Ponge,* Matière et Mémoire, *s'apparente de fait à « l'essai poétique sur l'art » — non que les œuvres de Dubuffet y soient prétextes à invention libre ou à rêverie, mais, en accordant une attention constante à la technique et à la « physique » de la lithographie, l'écrivain se propose de réfléchir sur les moyens d'une « impression » qui est mémoire. En cela, l'image — comme processus de révélation de sa nature profonde — réverbère les fonctions séminales de l'écriture poétique.*

Quand on inscrit sur la pierre lithographique, c'est comme si l'on inscrivait sur une mémoire. C'est comme si ce que l'on parle en face d'un visage, non seulement s'inscrivait dans la pensée de l'interlocuteur, dans la profondeur de sa tête, mais apparaissait en même temps en propres termes à la surface, sur l'épiderme, sur la peau du visage. Voilà donc une page qui vous manifeste immédiatement ce que vous lui confiez, si elle est également capable de le répéter par la suite un grand nombre de fois. Pour prix de ce service, ou en compensation, elle collabore à la facture, à la formulation de l'expression. Elle réagit sur l'expression ; l'expression est modifiée par elle. Et il faut tenir compte de cette réaction. Car ce qu'elle répétera, c'est cette expression modifiée. Mais par bonheur, c'est déjà cette expression modifiée qu'elle vous manifeste dès le premier moment…

Mais j'y songe… Peut-être est-ce justement le fait qu'elle réagit qui la rend capable de mémoire ?

Certes, je sais bien que ce qui aurait été inscrit sur elle sans précaution, sans égards pour sa susceptibilité, elle pourrait aussi le reproduire. Mais elle l'aurait aussi modifié. Même si cette réaction n'a pas été consciente à l'artiste, pas consentie ou ménagée par lui. Et dès lors, ne vaut-il pas mieux savoir cela, et en tenir compte ? Ne faut-il pas dès l'abord lui faire sa part ?

Lorsqu'une personne, vous le savez par expérience (et d'ailleurs vous avez la chance de le lire immédiatement sur son visage), réagit à vos formulations, n'allez-vous pas en tenir compte, vous adressant à elle ? Et donc ne lui parlerez-vous pas un peu comme elle a envie qu'on lui parle ? Ne lui direz-vous pas, sinon ce qu'elle a envie qu'on lui dise, du moins ne prononcerez-vous pas ce que vous voulez dire de telle façon qu'elle l'accepte, qu'elle l'accueille comme il faut ?

Et si l'on me fait remarquer qu'en l'occurrence on ne s'adresse pas à la pierre, ou qu'on s'adresse à elle plutôt comme témoin que comme interlocuteur, ou plutôt encore comme intermédiaire et dépositaire, et qu'il ne s'agit pas du tout de la persuader, je répondrai sans plus attendre qu'il serait bon, peut-être, pourtant, de la persuader. De l'intéresser, en tout cas. De l'intéresser à l'expression. Oui ! D'une façon générale, il ne peut qu'être bon d'intéresser l'instrument à l'ouvrage, le matériau à l'exécution. Car enfin si on la dédaigne, si on la traite en simple album… Eh bien ! non : elle n'est pas un simple album, et elle vous le fera bien voir. Tandis que si, au contraire, l'on s'occupe d'elle, si l'on tient compte de son caractère avide, intéressé, quelle joie de sa part ! Quelles réponses ! Comme elle vous récompense ! Comme elle vous paye — avec intérêts — non de la confiance mais de la défiance (en somme) que vous lui avez témoignée !

Henri MICHAUX (1899-1984)

« Mouvements » (1951)

Face aux verrous

(« Poésie/Gallimard »)

C'est en 1951 qu'Henri Michaux, peintre et poète, publie dans la collection « Le Point du jour » aux Éditions Gallimard un texte intitulé Mouvements. *Un poème par moments litanique et incantatoire y est encadré de deux ensembles graphiques à l'encre de Chine qui s'offrent moins comme une suite d'images proprement dites que comme une série de signes agiles et turbulents, qui ici esquissent des enjambées rapides, là s'étoilent comme des ligaments dénoués. Le visuel et le textuel coopèrent à une même dynamique d'expansion plastique parce que l'un et l'autre relèvent pour Michaux d'un même cinétisme, à la fois mental et gestuel. Mais ils procèdent par enchaînement, non par simultanéité. Après s'être essayé (en vain, dit-il) aux « idéogrammes », le poète se livre d'abord au flux des formes en mouvement — et on peut à bon droit appeler ces signes graphiques justement des « mouvements ». Puis vient le moment de l'écriture, qui n'est ni reprise ni prolongement à proprement parler de la course effrénée des signes graphiques, mais tentative de réintégration d'un élan libérateur dans l'ordre du langage articulé. « Les dessins, tout nouveaux en moi, confie Michaux […], véritablement à l'état naissant, à l'état d'innocence, de surprise ; les mots, eux, venus après, après, toujours après… et après tant d'autres. Me libérer, eux ? C'est précisément pour m'avoir libéré des mots, ces collants partenaires, que les dessins sont élancés et presque joyeux, que leurs mouvements m'ont été légers à faire même quand ils sont exaspérés. Aussi vois-je en eux, nouveau langage, tournant le dos au verbal, des libérateurs. »*

Contre les alvéoles
contre la colle
la colle les uns les autres
le doux les uns les autres

Cactus !
Flammes de la noirceur
impétueuses
mères des dagues
racines des batailles s'élançant dans la plaine

Course qui rampe
rampement qui vole
unité qui fourmille
bloc qui danse

Un défenestré enfin s'envole
un arraché de bas en haut
un arraché de partout
un arraché jamais plus rattaché

Homme arc-bouté
homme au bond
homme dévalant
homme pour l'opération éclair
pour l'opération tempête
pour l'opération sagaie
pour l'opération harpon
pour l'opération requin
pour l'opération arrachement

René CHAR (1907-1988) et Zao WOU-KI (1921-2013)

Effilage du sac de jute (1980)

(« Poésie/Gallimard »)

Recherche d'une commune présence, Effilage du sac de jute *est composé de dix-huit poèmes de René Char et de dix aquarelles de Zao Wou-Ki. Le recueil est le fruit d'une création à deux, longuement méditée et longtemps tenue secrète : le poète, sûr de l'amitié lumineuse qui depuis le milieu des années 1960 le lie au peintre, appelle la couleur, sollicite l'éclaircie du visible, aération de l'œil et de l'esprit. Mais chaque artiste explore, dans un acte de liberté lucide, les matériaux, les visées, les horizons du langage qui est le sien et avec lequel s'indique une attention vigilante au monde et à l'autre. Dans l'échange exigeant et la conversation rêveuse, Char et Zao Wou-Ki s'envisagent : le premier écrivant à l'encre de Chine, traçant avec douceur et fermeté sur la page les lettres et les mots ; le second veillant à faire éclore ces bouquets de tons bistres et bleus, nuages clairsemés où l'image se dénoue et se disperse au profit d'un événement de lumière et de couleur. Dans une lettre adressée au peintre, en mai ou juin 1980, Char évoque l'art d'une « percussion volatile ». De cette « intimité bien étudiée » de la poésie et de la peinture germe ainsi un équilibre mobile où s'ajustent les imaginaires et où s'attestent, réciproquement, les valeurs du langage et les lueurs de l'aquarelle dans un unique moment d'équité.*

Nous reproduisons le poème « Équité et destruction », qui clôt le recueil, et l'aquarelle qui le précède.

Équité et destruction

Vint l'unique jour d'équité de l'année, en entier déroulé sur l'aube de chacun.

Pas la mienne. Jour qui se glissait dans mes larmes, elles l'avaient récusé ; jour m'exhortant à sortir sous son ciel isabelle pour niaisement le vanter. Et le revoir annuellement bleui par la suffocation et les esclandres ! Jour sans antériorité ni lendemain. Un tel jour, du coulisseau à l'abdomen ! Voit-on cela ? Cuirassé de raideur, pommelé de compromis, et m'invitant à mc vêtir devant lui de dignité ! Sinon me suppliant de faire vite et de mourir. Dérision dernière-née : le renverser par un louche coup d'État.

Ô fraise à la chair liliale, les neuf énarques dressent pour toi un plan convertible d'occupation des sols carbonisés.

Ce fut l'unique jour d'équité de l'année, en entier déroulé sur l'aube de chacun.

(1978-1979)

Équité et destruction

Vint l'unique jour d'équité de l'année, en entier déroulé sur l'aube de chacun. Pas la mienne. Jour qui se glissait dans mes larmes, elles l'avaient récusé; jour m'exhortant à sortir sous son ciel isabelle pour niaisement le vanter. Et le revoir annuellement bleui par la suffocation et les esclandres! Jour sans antériorité ni lendemain. Un tel jour, du coulisseau à l'abdomen! Voit-on cela? Cuirassé de raideur, pommelé de compromis, et m'invitant à me vêtir devant lui de dignité! Sinon me suppliant de faire vite et de mourir. Dérision dernière-née: le renverser par un louche coup d'État.

Ô fraise à la chair liliale, les neuf énarques dressent pour toi un plan convertible d'occupation des sols carbonisés.

Ce fut l'unique jour d'équité de l'année, en entier déroulé sur l'aube de chacun.

(1978 - 1979)

Chronologie

Paul Éluard et Man Ray
dans leur temps

1.

Les prémices : vocation artiste (1890-1922)

Man Ray voit le jour à Philadelphie le 27 août 1890. De son vrai nom Emmanuel Rudnitsky, il est d'une famille d'origine juive russe, de condition modeste. Il a à peine cinq ans quand naît Paul Éluard, Eugène-Émile-Paul Grindel selon l'état civil, le 14 décembre 1895 à Saint-Denis. Son père est comptable. Point commun dès le berceau entre les deux hommes : ils emprunteront un nom d'artiste qui sera leur signature respective, l'attestation d'une nouvelle identité, conquise sur le terrain futur de la création. En 1907, les parents de Man Ray quittent Philadelphie pour s'installer à New York, dans le quartier de Brooklyn. L'enfant reçoit, en cadeau d'anniversaire, au moment où il atteint l'âge dit de raison, une boîte de crayons de couleur. C'est là sans doute l'impulsion donnée à une vocation. De fait, il s'adonne très jeune au dessin et à la peinture et se fera remarquer dans le cours de ses études secondaires (1904-1909) par ses talents en matière de dessin artistique et de dessin industriel. Il envisagera d'entamer un cursus d'études en architecture — mais très vite renoncera à ce projet, décidant d'être artiste. Il assure divers emplois dans des ateliers de gravure, des agences de publicité, des maisons d'édition spécialisées dans la publication d'ouvrages de mécanique. Il s'inscrit en 1910 au cours de dessin de la National Academy of Design de New York, ainsi qu'aux cours d'anatomie à l'Art Students' League. Très vite, il entre au Ferrer Center pour y suivre une formation en dessin d'art. Il fréquente la galerie du grand photographe Alfred Stieglitz, dont il fera le portrait cubiste en 1913. C'est en 1912 qu'il signe ses premières œuvres du nom de Man Ray. 1912 est l'année où Éluard, contraint d'interrompre ses études suite à de graves problèmes de santé, entre au sanatorium de Clavadel en Suisse. Il y fait la rencontre d'Hélène Dmitrovnia Diakonova, dite Gala, dont il s'éprend. Il l'épousera en 1917. Pendant son séjour en Suisse, Éluard lit les poètes, de Walt Whitman aux unanimistes. Un premier projet de recueil germe, et le 1er décembre 1913 paraît à compte d'auteur, sous le nom de Grindel, une plaquette intitulée *Premiers Poèmes.* L'année suivante, il fait paraître *Dialogues des inutiles.* Dans ces mêmes années 1913-1914, Man Ray tente de fonder, avec son ami le poète Alfred Kreymborg, une communauté d'artistes à Ridgefield dans le New Jersey. Il rencontre la poétesse belge Adon Lacroix, qui deviendra sa femme, lit beaucoup de poésie moderne (Lautréamont, Rimbaud et Baudelaire), peint sans discontinuer. Lorsque la guerre éclate, Man Ray ajourne le projet qu'il avait conçu de se rendre à Paris ; de son côté, en décembre 1914, Éluard reçoit son ordre de mobilisation : il est affecté en 1916 comme infirmier à l'hôpital ordinaire d'évacuation n° 18 à Hargicourt dans la Somme, non loin de la ligne de front. Il écrit une plaquette de vers, *Le Devoir*, qu'il polycopie lui-même et qu'il signe du nom d'Éluard, nom de sa grand-mère maternelle. En janvier 1917, il rejoint son unité sur le front, au 95e régiment d'infanterie. Atteint d'une bronchite aiguë, il est évacué sur l'hôpital d'Amiens en février. La période de la guerre (1914-1918) est pour Man Ray plus sereine et plus créative. Il édite et illustre *A Book of Diverse Writings* d'Adon Lacroix, se lie avec Marcel Duchamp avec lequel il fonde, en 1916, la Société des artistes indépendants. Il enchaîne les expositions individuelles et prend rang dans le cercle d'artistes réunis par le collectionneur Walter Arensberg : Jean Crotti, Varèse, Picabia, Duchamp… Il épouse les lignes de fracture esthétique du mouvement Dada.

C'est de fait autour de Dada que Man Ray et Paul Éluard se rencontrent en 1921. La guerre finie, Éluard, après avoir publié en 1918 *Les Poèmes pour la paix*, rallie le groupe Dada : il entre ainsi en relation avec Tzara, Breton, Aragon, Soupault, qui ont fait paraître, en 1919, le premier numéro de leur revue *Littérature*… Il fait également la connaissance de Max Ernst. De 1920 à 1922, il publie trois recueils qui témoignent d'une orientation avant-gardiste de son écriture : *Les Animaux et leurs hommes, les hommes et leurs animaux* (avec des dessins d'André Lhote), *Les Nécessités de la vie et les Conséquences des rêves* et *Répétitions* (avec des illustrations de Max Ernst). Ayant multiplié les expériences formelles et artistiques, accordant de plus en plus d'attention aux ressources de la photographie, Man Ray, qui a publié *New York Dada*, arrive à Paris en 1921. Il est associé aux activités du groupe et fait paraître, en 1922, un recueil de rayographies, préfacé par Tristan Tzara, et intitulé *Les Champs délicieux*, écho à peine voilé des *Champs magnétiques* (1919) de Breton et Soupault.

1913	Publication d'*Alcools* d'Apollinaire.
1914	Le 31 juillet, assassinat de Jean Jaurès. Début de la Première Guerre mondiale (août).
1916	Fondation de Dada à Zurich par Tristan Tzara.
1917	Révolution en Russie.
1918	Mort d'Apollinaire (9 novembre). Armistice (11 novembre). Freud publie son *Introduction à la psychanalyse.*
1919	*Les Champs magnétiques* de Philippe Soupault et André Breton. Parution de la revue *Littérature.*

2.

Le champ des possibles (1923-1939)

De l'effritement inéluctable de Dada résultera le surréalisme, dont le premier *Manifeste* (1924) marque la naissance. Retour d'un voyage de sept mois en Extrême-Orient, Éluard s'associe à Breton et Aragon. Il participe à la conception du premier numéro du *La Révolution surréaliste* — au même titre d'ailleurs que Man Ray. Et il est permis de voir dans la mise au point collective de cette livraison la première collaboration effective du poète français et du peintre-photographe américain. Après avoir publié *Mourir de ne pas mourir* (1924), Éluard fait paraître *152 proverbes mis au goût du jour*, écrits avec Benjamin Péret, et *Au défaut du silence* (1925). Mais c'est sans conteste *Capitale de la douleur* (1926) qui ouvre dans la création poétique éluardienne une nouvelle période : le champ des possibles semble se prêter au généreux projet de « changer la vie ». Période esthétique et politique, en vérité, puisque la même année Éluard adhère au parti communiste et collabore à la revue *Clarté.* Man Ray est également très actif : ses œuvres sont exposées d'abord dans le cadre de la première exposition surréaliste à la Galerie Pierre à Paris (1925), puis à la Galerie surréaliste — qui est inaugurée le 26 mars 1926. Il se consacre par ailleurs à la photo de mode, notamment pour le compte de la revue *Vogue*, et prépare un film à partir d'un poème de Robert Desnos, *Étoile de mer*, qui verra le jour en 1928. Entre-temps, il se rend à New York (1927) pour une exposition individuelle à la Daniel Gallery.

La vie du groupe surréaliste connaît cependant quelque agitation. À la fin de l'année 1926, Philippe Soupault est exclu pour avoir commis une édition des œuvres complètes de Lautréamont jugée indigne par ses camarades. En avril 1927, Éluard signe avec Breton, Aragon, Péret et Pierre Unik, *Au grand jour*, une lettre adressée aux surréalistes non communistes. Il publie *Défense de savoir* en 1928 et, malade, est hospitalisé au sanatorium d'Arosa, où il passera l'hiver. Il divorce d'avec Gala, partie vivre avec Dalí. Au printemps 1929, paraît *L'Amour la poésie.* À la fin de l'année, il fait la rencontre de Maria Benz, qui sera Nusch, et la compagne du poète pendant dix-sept ans. L'activité d'écriture s'intensifie, soit en collaboration (*Ralentir travaux*, 1930, avec Breton et Char, *L'Immaculée Conception* avec Breton), soit en solo (*Dors*, 1931, *La Vie immédiate*, 1932). 1934 est une date importante dans la carrière de Man Ray, qui se partage entre Paris et New York : paraît, en effet, un ensemble de photographies (*Photographs by Man Ray*), qui fait la somme de ses travaux de 1920 à 1934. C'est donc dans ce champ de la création photographique que l'artiste se situe dans les années 1930. Au sein du groupe les tensions et bientôt fractures apparaissent au grand jour. Après la publication du second *Manifeste* (1930), Breton est contesté : il fait l'objet d'un pamphlet, *Un cadavre*, signé par des membres démissionnaires. À l'issue du Congrès international des écrivains révolutionnaires de Karkhov (1932), Éluard rompt avec Aragon, qui a choisi de s'éloigner du surréalisme pour épouser pleinement les thèses du communisme. Très vite, il publie un texte sans concession : *Certificat*. Conséquence : Éluard est exclu du parti communiste en 1933. Paraît *Comme deux gouttes d'eau*. Alors que montent en Europe le péril fasciste, Éluard participe au Comité de vigilance des intellectuels et prendra position en 1937 contre le franquisme. Il continue à diffuser les mots d'ordre du surréalisme, mais en les associant aux valeurs d'un humanisme actif et exigeant. Plusieurs recueils importants sont publiés : *Nuits partagées* en 1935, et en 1936, *Grand air*, *La Barre d'appui*, *Notes sur la poésie* (avec Breton), *Les Yeux fertiles*. Soulignons le recueil en collaboration *Facile* (1935), qui mêle aux poèmes d'Éluard treize photographies de Man Ray, essentiellement des nus. La fin des années 1930 voit le poète et le photographe de plus en plus proches : ils participent à l'Exposition internationale du surréalisme (Londres, 1936), et associent leurs talents dans *Les Mains libres* (1937). L'année 1937 sera déterminante pour Éluard : à l'activité poétique abondante correspond une conscience accrue des dangers qui menacent la liberté et la paix en Europe, et notamment en Espagne. Il est ainsi l'auteur et le promoteur d'un ouvrage en collaboration avec les peintres (Miró, Picasso, Tanguy, Masson), *Solidarité*, dont les ventes vont au profit des insurgés espagnols. En 1938, il rompt avec André Breton. *Chanson complète* et *Donner à voir* (1939) paraissent dans un climat lourd de craintes et d'incertitudes.

1924	Création de *La Révolution surréaliste.* Aragon publie *Une vague de rêves.*
1925	*Le Paysan de Paris* d'Aragon.
1926	Reddition d'Abd el-Krim.
1927	Robert Desnos publie *La Liberté ou l'Amour.*
1928	*Le Surréalisme et la Peinture* et *Nadja* d'André Breton.
1933	Hitler prend le pouvoir en Allemagne.
1934	Émeutes à Paris. Éluard signe l'« Appel à la lutte », contre la montée de l'extrême droite.
1936	Front populaire. Coup de force franquiste en Espagne (juillet). Federico García Lorca est fusillé à Grenade (19 août).
1939	Début de la Seconde Guerre mondiale (3 septembre). Mort de Sigmund Freud à Londres.

3.

Le grand combat (1940-1976)

L'ordre de mobilisation parvient à Éluard en septembre 1939 ; il rejoint les services de l'Intendance à Mignières, dans le Loiret. À la signature de l'armistice (25 juin 1940), il regagne Paris. Si sa production poétique reste féconde — il publie en 1940 *Le Livre ouvert I* et en 1941 *Moralité du sommeil*, avec des dessins de Magritte —, il est requis par l'urgence d'une situation générale qui va de mal en pis. Aussi aspire-t-il à mettre son idéal de liberté et son éthique du partage au service de ceux qui, dans ces années sombres, s'activent secrètement pour faire pièce à l'occupation de l'ennemi. Éluard sollicite sa réinscription au parti communiste, devenu organe illégal. En 1942 sonne l'heure de l'engagement. Deux textes décisifs paraissent alors : *Poésie et vérité 1942* — dans lequel figure le célèbre poème « Liberté » — et *Poésie involontaire et poésie intentionnelle.* Dans le même temps, Éluard entre en résistance ; il quitte son domicile, épouse la clandestinité. Il constitue le Comité national des écrivains pour la zone nord et renoue avec Louis Aragon. *Repos d'été* est inséré dans le volume collectif *Domaine français*, rassemblant des textes d'écrivains qui ont refusé la collaboration. Il préface, sous le pseudonyme de Maurice Hervent, *L'Honneur des poètes*, qui paraît aux Éditions de Minuit, récemment fondées par Jean Bruller et Pierre de Lescure. Sous un autre pseudonyme, celui de Jean du Haut, il publie *Les Sept Poèmes d'amour en guerre.* De novembre 1943 à février 1944, Éluard se cache dans un hôpital psychiatrique en

Lozère. Il y écrit *Souvenirs de la maison des fous* (qui sera publié en 1946, illustré par Gérard Vulliamy). En 1944, il regagne Paris et sort de la clandestinité ; paraît alors un ensemble de poèmes écrits pendant la résistance : *Dignes de vivre, Au rendez-vous allemand, À Pablo Picasso.* Décoré de la médaille de la Résistance, Éluard apparaît dès lors comme le poète d'un grand combat. Si certains de ses anciens compagnons lui reprochent d'avoir trahi la cause surréaliste, l'aura légitime que lui vaut son parcours fait de lui un chantre incontesté de la liberté et de la paix. De conférence en congrès, il sillonnera le monde de l'après-guerre à la rencontre des peuples et des écrivains. Son activité poétique ne tarit pas : *Poésie ininterrompue I, Le dur désir de durer* (1946), *Poèmes politiques* (1948), *Une leçon de morale* (1949), entre autres recueils significatifs, l'attestent. En 1946, Nusch meurt brutalement à l'âge de quarante ans, plongeant Éluard dans le désespoir. Il rencontre en 1949, à Mexico, Dominique Lemor, qu'il épousera en 1951. Les premières années de cette décennie verront Éluard accéder à une sorte de statut officiel. En 1952, il représente le peuple français aux cérémonies de commémoration du cent cinquantième anniversaire de la naissance de Victor Hugo et le centième anniversaire de la mort de Gogol. Il met un point final à *Poésie ininterrompue II,* avant de succomber à une crise cardiaque le 18 novembre 1952.

Pendant la période de la guerre (1940-1945), Man Ray séjourne à Hollywood, où il s'est réfugié. Il continue son travail de photographe, de peintre, de créateur d'objets insolites… bref d'artiste polymorphe. En 1946, lors d'une cérémonie commune, il épouse Juliet Browner, et Max Ernst, Dorothea Tanning. En 1948, il crée, à partir d'une série de photographies représentant des objets mathématiques, un ensemble de tableaux intitulé *Shakespearean Equations.* De retour à Paris en 1951, il multiplie tout au long des années 1950 et 1960 les expositions, les hommages et les conférences. Son œuvre est mondialement célébrée et les honneurs lui reviennent de droit. En 1961, il obtient la médaille d'or de la photographie à la Biennale de Venise. Il fait paraître son autobiographie en 1963 (*Self Portrait*), qui retrace un itinéraire d'invention et d'audace. La première grande rétrospective consacrée à son travail est organisée à Los Angeles en 1966. Sa notoriété étant établie, Man Ray deviendra dans les années 1970 une référence pour les jeunes artistes du monde entier, et il n'est pas indifférent que Warhol lui consacre une série de tableaux et de sérigraphies. Il s'éteint à Paris le 18 novembre 1976.

1940	Entrée des troupes allemandes dans Paris (12 juin). Signature de l'armistice (25 juin).
1941	Percée des Allemands en Russie (22 juin).
1942	Fondation des Éditions de Minuit par Pierre de Lescure et Jean Bruller qui publie sous le nom de Vercors *Le Silence de la mer.*
1943	Juillet : chute de Mussolini. 20 septembre : première livraison clandestine des *Lettres françaises.*
1944	Débarquement allié en Normandie (6 juin). Libération de Paris (23 août).
1945	Capitulation allemande (8 mai). *Arcane 17* d'André Breton.
1946	Mort de Nusch (novembre).
1949-1951	Aragon publie *Les Communistes* (six volumes).
1966	Mort d'André Breton.

Éléments pour une fiche de lecture

Regarder la photographie

- Avez-vous beaucoup d'indications pour comprendre où la photographie a été prise ?
- Faites un commentaire sur les regards des deux femmes.
- En examinant attentivement le dessin de Sonia et de Nusch à l'intérieur du livre, relevez les différences avec la photographie. Des deux versions, laquelle préférez-vous ?

Le règne de l'image

- Définie par André Breton comme le rapprochement de deux réalités fort éloignées, l'image surréaliste est toujours l'occasion d'une surprise, qui peut dérouter. Montrez comment « La lecture » et « Le sens » ménagent un tel effet.
- Les procédés d'engendrement de l'image sont nombreux et variés dans les poèmes des *Mains libres.* Relisez « La toile blanche », « Les yeux stériles » et « Des nuages dans les mains ». Isolez et analysez dans chacun de ces textes le mécanisme verbal qui est à la source de l'image poétique.

- Montrez comment dans le poème « Belle main » se développe l'expansion imagée. Quelle facilité permet à ce propos l'absence de signes de ponctuation ?
- L'image éluardienne se construit le plus souvent contre les imageries et les clichés. Relisez dans cette perspective « Nu » et étudiez la manière dont le poète démythifie une idole.
- Analysez de façon détaillée la dernière phrase du poème en prose « Les amis ». Peut-on dire qu'elle évoque, indirectement, l'ambition du poète et du peintre ?

Le dialogue des arts

- À propos de Picasso, Éluard écrit dans *Donner à voir* que le « peintre ne renonce pas plus à sa réalité qu'à la réalité du monde ». Cette affirmation vous semble-t-elle correspondre aux dessins de Man Ray ?
- Éluard affirme que « la poésie est l'art des lumières ». Elle éclaire et éclaircit le réel, mais elle a aussi pour vertu de rendre visibles les choses. Étudiez cette fonction ostensive dans le poème « C'est elle » ainsi que dans le dessin qui l'accompagne.
- Diriez-vous que le dessin « Brosse à cheveux » est un calembour visuel ? Quelle interprétation peut-on donner, à partir de cette hypothèse, du texte d'Éluard qui figure en regard ?
- Parmi les différentes relations qui s'établissent entre l'image et le texte, il en est une, privilégiée, que retient Éluard : la relation libre et créatrice. En prenant appui sur un nombre restreint de poèmes et de dessins de votre choix, vous tenterez d'illustrer ce type de relation.

Un nouveau lyrisme poétique et visuel

- Relevez les manifestations du « Je » dans les textes. Dans quelle mesure peut-on parler de poésie lyrique ?
- Le morcellement, la discontinuité, la disjonction sont les caractéristiques majeures du discours poétique dans *Les Mains libres.* Montrez qu'il en est de même dans les illustrations de Man Ray.
- Quelques poèmes sont adressés à un « tu » dont l'identité demeure énigmatique. Relevez ces textes et proposez, pour chacun d'eux, une hypothèse de lecture.
- Quels effets résultent de l'emploi fréquent d'une syntaxe nominale dans les poèmes d'Éluard ? Prenez appui sur « La femme et son poisson », « Le mannequin » et « Des nuages dans les mains ».
- Faites l'analyse des images dans « Les mains libres » et « La glace cassée ». Peut-on parler à leur sujet d'absence de figuration, de défiguration, d'abstraction ?

Une poétique de la transgression

- Dans « Main et fruits », Éluard écrit : « Le rêve manger l'immangeable ». La poésie du texte et des images est-elle dans ce recueil une ouverture sur l'impossible ?
- Le rêve depuis Freud est conçu comme la combinaison des motifs chiffrés de l'inconscient. Étudiez « Rêve » et « Femme portative » dans cette perspective. À quels pouvoirs du rêve ces textes font-ils allusion ?
- La femme est sans doute l'une des figures dominantes du recueil. Analysez la façon dont elle est

célébrée aussi bien dans les poèmes que dans les dessins.

- Comment peut-on comprendre l'affirmation à laquelle se résume le poème « Le tournant » : « J'espère / Ce qui m'est interdit » ?

Questions sur le groupement de textes

- À partir des extraits cités, présentez, sous la forme d'un exposé bref et argumenté, les différents types de relations qu'entretiennent le texte et l'image.
- Proposez quelques pistes de lecture susceptibles de rendre compte du lyrisme visuel des extraits d'Apollinaire et de Michaux.
- À propos de *Matière et Mémoire*, Yves Peyré dit que le poète et le lithographe se tournent le dos. Que pensez-vous de ce jugement ?
- De « l'exaltation réciproque » du texte et de l'image, Éluard considère qu'elle doit donner naissance à « une ressemblance involontaire ». Est-ce que cette appréciation rend compte, selon vous, des textes et des images, ou des icono-textes, du groupement ?

Collège

Combats du XXe siècle en poésie (anthologie) (161)
Mère et fille (Correspondances de Mme de Sévigné, George Sand, Sido et Colette) (anthologie) (112)
Poèmes à apprendre par cœur (anthologie) (191)
Poèmes pour émouvoir (anthologie) (225)
Les récits de voyage (anthologie) (144)
La Bible (textes choisis) (49)
Fabliaux (textes choisis) (37)
Les quatre frères Aymon (208)
Schéhérazade et Aladın (192)
La Farce de Maître Pathelin (146)
Gilgamesh et Hercule (217)
ALAIN-FOURNIER, *Le grand Meaulnes* (174)
JEAN ANOUILH, *Le Bal des voleurs* (113)
Marcel AYMÉ, Ray BRADBURY, Dino BUZZATI, *3 nouvelles sur le temps* (240)
Honoré de BALZAC, *L'Élixir de longue vie* (153)
Henri BARBUSSE, *Le Feu* (91)
Joseph BÉDIER, *Le Roman de Tristan et Iseut* (178)
Lewis CARROLL, *Les Aventures d'Alice au pays des merveilles* (162)
Blaise CENDRARS, *Faire un prisonnier* (235)
Samuel de CHAMPLAIN, *Voyages au Canada* (198)
CHRÉTIEN DE TROYES, *Le Chevalier au Lion* (2)
CHRÉTIEN DE TROYES, *Lancelot ou le Chevalier de la Charrette* (133)
CHRÉTIEN DE TROYES, *Perceval ou Le Conte du Graal* (195)
COLETTE, *Dialogues de bêtes* (36)
Joseph CONRAD, *L'Hôte secret* (135)
Pierre CORNEILLE, *Le Cid* (13)

DANS LA MÊME COLLECTION

Roland DUBILLARD, *La Leçon de piano et autres diablogues* (160)
Alexandre DUMAS, *La Tulipe noire* (213)
ÉSOPE, Jean de LA FONTAINE, Jean ANOUILH, *50 Fables* (186)
Georges FEYDEAU, *Feu la mère de Madame* (188)
Georges FEYDEAU, *Un fil à la patte* (226)
Gustave FLAUBERT, *Trois Contes* (6)
Romain GARY, *La Promesse de l'aube* (169)
Théophile GAUTIER, *3 contes fantastiques* (214)
Jean GIONO, *L'Homme qui plantait des arbres + Écrire la nature* (anthologie) (134)
Nicolas GOGOL, *Le Nez. Le Manteau* (187)
Wilhelm et Jacob GRIMM, *Contes* (textes choisis) (72)
Ernest HEMINGWAY, *Le vieil homme et la mer* (63)
HOMÈRE, *Odyssée* (18)
Victor HUGO, *Claude Gueux* suivi de *La Chute* (15)
Victor HUGO, *Jean Valjean (Un parcours autour des* Misérables*)* (117)
Victor HUGO, *L'intervention* (236)
Thierry JONQUET, *La Vie de ma mère !* (106)
Charles JULIET, *L'Année de l'éveil* (243)
Joseph KESSEL, *Le Lion* (30)
Jean de LA FONTAINE, *Fables* (34)
Maurice LEBLANC, *Arsène Lupin, Gentleman cambrioleur* (252)
J. M. G. LE CLÉZIO, *Mondo et autres histoires* (67)
Gaston LEROUX, *Le Mystère de la chambre jaune* (4)
Jack LONDON, *Loup brun* (210)
Guy de MAUPASSANT, *12 contes réalistes* (42)
Guy de MAUPASSANT, *Boule de suif* (103)
MOLIÈRE, *Les Fourberies de Scapin* (3)
MOLIÈRE, *Le Médecin malgré lui* (20)

DANS LA MÊME COLLECTION

MOLIÈRE, *Trois courtes pièces* (26)
MOLIÈRE, *L'Avare* (41)
MOLIÈRE, *Les Précieuses ridicules* (163)
MOLIÈRE, *Le Sicilien ou l'Amour peintre* (203)
MOLIÈRE, *Le Malade imaginaire* (227)
Alfred de MUSSET, *Fantasio* (182)
Alfred de MUSSET, *Les Caprices de Marianne* (245)
George ORWELL, *La Ferme des animaux* (94)
OVIDE, *Les métamorphoses* (231)
Amos OZ, *Soudain dans la forêt profonde* (196)
Louis PERGAUD, *La Guerre des boutons* (65)
Charles PERRAULT, *Contes de ma Mère l'Oye* (9)
Edgar Allan POE, *6 nouvelles fantastiques* (164)
Jacques PRÉVERT, *Paroles* (29)
Jules RENARD, *Poil de Carotte* (66)
Antoine de SAINT-EXUPÉRY, *Vol de nuit* (114)
Mary SHELLEY, *Frankenstein ou le Prométhée moderne* (145)
John STEINBECK, *Des souris et des hommes* (47)
Robert Louis STEVENSON, *L'Étrange Cas du docteur Jekyll et de M. Hyde* (53)
Jean TARDIEU, *9 courtes pièces* (156)
Michel TOURNIER, *Vendredi ou La Vie sauvage* (44)
Fred UHLMAN, *L'Ami retrouvé* (50)
Jules VALLÈS, *L'Enfant* (12)
Paul VERLAINE, *Fêtes galantes* (38)
Jules VERNE, *Le Tour du monde en 80 jours* (32)
H. G. WELLS, *La Guerre des mondes* (116)
Oscar WILDE, *Le Fantôme de Canterville* (22)
Richard WRIGHT, *Black Boy* (199)
Marguerite YOURCENAR, *Comment Wang-Fô fut sauvé et autres nouvelles* (100)
Émile ZOLA, *3 nouvelles* (141)

Lycée

Série Classiques

Anthologie du théâtre français du 20ᵉ siècle (220)
Écrire sur la peinture (anthologie) (68)
Les grands manifestes littéraires (anthologie) (175)
L'intellectuel engagé (anthologie) (219)
La poésie baroque (anthologie) (14)
Le sonnet (anthologie) (46)
L'Encyclopédie (textes choisis) (142)
Guillaume APOLLINAIRE, *Alcools* (238)
Honoré de BALZAC, *La Peau de chagrin* (11)
Honoré de BALZAC, *La Duchesse de Langeais* (127)
Honoré de BALZAC, *Le roman de Vautrin* (Textes choisis dans *La Comédie humaine*) (183) Honoré de BALZAC, *Le père Goriot* (204)
Honoré de BALZAC, *La Recherche de l'absolu* (224)
René BARJAVEL, *Ravage* (95)
Charles BAUDELAIRE, *Les Fleurs du mal* (17)
Charles BAUDELAIRE, *Le Spleen de Paris* (242)
BEAUMARCHAIS, *Le Mariage de Figaro* (128)
Aloysius BERTRAND, *Gaspard de la nuit* (207)
André BRETON, *Nadja* (107)
Albert CAMUS, *L'Étranger* (40)
Albert CAMUS, *La Peste* (119)
Albert CAMUS, *La Chute* (125)
Albert CAMUS, *Les Justes* (185)
Albert CAMUS, *L'Envers et l'Endroit* (247)
Louis-Ferdinand CÉLINE, *Voyage au bout de la nuit* (60)
René CHAR, *Feuillets d'Hypnos* (99)
François-René de CHATEAUBRIAND, *Mémoires d'outre-tombe* — « livres IX à XII » (118)

DANS LA MÊME COLLECTION

Driss CHRAÏBI, *La Civilisation, ma Mère !...* (165)
Albert COHEN, *Le Livre de ma mère* (45)
Benjamin CONSTANT, *Adolphe* (92)
Pierre CORNEILLE, *Le Menteur* (57)
Pierre CORNEILLE, *Cinna* (197)
Denis DIDEROT, *Paradoxe sur le comédien* (180)
Madame DURAS, *Ourika* (189)
Marguerite DURAS, *Un barrage contre le Pacifique* (51)
Marguerite DURAS, *La Douleur* (212)
Marguerite DURAS, *La Musica* (241)
Paul ÉLUARD, *Capitale de la douleur* (126)
Annie ERNAUX, *La place* (61)
Gustave FLAUBERT, *Madame Bovary* (33)
Gustave FLAUBERT, *Écrire* Madame Bovary *(Lettres, pages manuscrites, extraits)* (157)
André GIDE, *Les Faux-Monnayeurs* (120)
André GIDE, *La Symphonie pastorale* (150)
Victor HUGO, *Hernani* (152)
Victor HUGO, *Mangeront-ils ?* (190)
Victor HUGO, *Pauca meae* (209)
Eugène IONESCO, *Rhinocéros* (73)
Sébastien JAPRISOT, *Un long dimanche de fiançailles* (27)
Charles JULIET, *Lambeaux* (48)
Franz KAFKA, *Lettre au père* (184)
Eugène LABICHE, *L'Affaire de la rue de Lourcine* (98)
Jean de LA BRUYÈRE, *Les Caractères* (24)
Pierre CHODERLOS DE LACLOS, *Les Liaisons dangereuses* (5)
Madame de LAFAYETTE, *La Princesse de Clèves* (39)
Louis MALLE et Patrick MODIANO, *Lacombe Lucien* (147)
André MALRAUX, *La Condition humaine* (108)
MARIVAUX, *L'Île des Esclaves* (19)

MARIVAUX, *La Fausse Suivante* (75)
MARIVAUX, *La Dispute* (181)
Guy de MAUPASSANT, *Le Horla* (1)
Guy de MAUPASSANT, *Pierre et Jean* (43)
Guy de MAUPASSANT, *Bel ami* (211)
Herman MELVILLE, *Bartleby le scribe* (201)
MOLIÈRE, *L'École des femmes* (25)
MOLIÈRE, *Le Tartuffe* (35)
MOLIÈRE, *L'Impromptu de Versailles* (58)
MOLIÈRE, *Amphitryon* (101)
MOLIÈRE, *Le Misanthrope* (205)
MOLIÈRE, *Les Femmes savantes* (223)
Michel de MONTAIGNE, *Des cannibales* + *La peur de l'autre* (anthologie) (143)
MONTESQUIEU, *Lettres persanes* (56)
MONTESQUIEU, Essai sur le goût (194)
Alfred de MUSSET, *Lorenzaccio* (8)
Irène NÉMIROVSKY, *Suite française* (149)
OVIDE, *Les Métamorphoses* (55)
Blaise PASCAL, *Pensées* (Liasses II à VIII) (148)
Pierre PÉJU, *La petite Chartreuse* (76)
Daniel PENNAC, *La fée carabine* (102)
Georges PEREC, *Quel petit vélo à guidon chromé au fond de la cour ?* (215)
Luigi PIRANDELLO, *Six personnages en quête d'auteur* (71)
Francis PONGE, *Le parti pris des choses* (170)
L'abbé PRÉVOST, *Manon Lescaut* (179)
Marcel PROUST, *Du côté de chez Swann* (246)
Raymond QUENEAU, *Zazie dans le métro* (62)
Raymond QUENEAU, *Exercices de style* (115)
Pascal QUIGNARD, *Tous les matins du monde* (202)
François RABELAIS, *Gargantua* (21)

Jean RACINE, *Andromaque* (10)
Jean RACINE, *Britannicus* (23)
Jean RACINE, *Phèdre* (151)
Jean RACINE, *Mithridate* (206)
Jean RACINE, *Bérénice* (228)
Rainer Maria RILKE, *Lettres à un jeune poète* (59)
Arthur RIMBAUD, *Illuminations* (193)
Edmond ROSTAND, *Cyrano de Bergerac* (70)
SAINT-SIMON, *Mémoires* (64)
Nathalie SARRAUTE, *Enfance* (28)
William SHAKESPEARE, *Hamlet* (54)
SOPHOCLE, *Antigone* (93)
STENDHAL, *La Chartreuse de Parme* (74)
Michel TOURNIER, *Vendredi ou les limbes du Pacifique* (132)
Vincent VAN GOGH, *Lettres à Théo* (52)
VOLTAIRE, *Candide* (7)
VOLTAIRE, *L'Ingénu* (31)
VOLTAIRE, *Micromégas* (69)
Émile ZOLA, *Thérèse Raquin* (16)
Émile ZOLA, *L'Assommoir* (140)
Émile ZOLA, *Au bonheur des dames* (232)
Émile ZOLA, *La Bête humaine* (239)

Série Philosophie

Notions d'esthétique (anthologie) (110)
Notions d'éthique (anthologie) (171)
ALAIN, *44 Propos sur le bonheur* (105)
Hannah ARENDT, *La Crise de l'éducation* extrait de *La Crise de la culture* (89)
ARISTOTE, *Invitation à la philosophie (Protreptique)* (85)
Saint AUGUSTIN, *La création du monde et le temps* — « Livre XI, extrait des *Confessions* » (88)

DANS LA MÊME COLLECTION

Walter BENJAMIN, *L'œuvre d'art à l'époque de sa reproductibilité technique* (123)

Émile BENVENISTE, *La communication*, extrait de *Problèmes de linguistique générale* (158)

Albert CAMUS, *Réflexions sur la guillotine* (136)

René DESCARTES, *Méditations métaphysiques* — « 1, 2 et 3 » (77)

René DESCARTES, *Des passions en général*, extrait des *Passions de l'âme* (129)

René DESCARTES, *Discours de la méthode* (155)

Denis DIDEROT, *Le Rêve de d'Alembert* (139)

Émile DURKHEIM, *Les règles de la méthode sociologique* — « Préfaces, chapitres 1, 2 et 5 » (154)

ÉPICTÈTE, *Manuel* (173)

Michel FOUCAULT, *Droit de mort et pouvoir sur la vie*, extrait de *La Volonté de savoir* (79)

Sigmund FREUD, *Sur le rêve* (90)

Thomas HOBBES, *Léviathan* — « Chapitres 13 à 17 » (111)

David HUME, *Dialogues sur la religion naturelle* (172)

François JACOB, *Le programme* et *La structure visible*, extraits de *La logique du vivant* (176)

Emmanuel KANT, *Des principes de la raison pure pratique*, extrait de *Critique de la raison pratique* (87)

Emmanuel KANT, *Idée d'une histoire universelle au point de vue cosmopolitique* (166)

Étienne de LA BOÉTIE, *Discours de la servitude volontaire* (137)

G. W. LEIBNIZ, *Préface aux Nouveaux essais sur l'entendement humain* (130)

Claude LÉVI-STRAUSS, *Race et histoire* (104)

Nicolas MACHIAVEL, *Le Prince* (138)

Nicolas MALEBRANCHE, *La Recherche de la vérité* — « De l'imagination, 2 et 3 » (81)

DANS LA MÊME COLLECTION

MARC AURÈLE, Pensées — Livres II à IV (121)

Karl MARX, Feuerbach. Conception matérialiste contre conception idéaliste (167)

Maurice MERLEAU-PONTY, L'Œil et l'Esprit (84)

Maurice MERLEAU-PONTY, Le cinéma et la nouvelle psychologie (177)

John Stuart MILL, De la liberté de pensée et de discussion, extrait de De la liberté (122)

Friedrich NIETZSCHE, La « faute », la « mauvaise conscience » et ce qui leur ressemble (Deuxième dissertation), extrait de La Généalogie de la morale (86)

Friedrich NIETZSCHE, Vérité et mensonge au sens extra-moral ([illegible])

Blaise PASCAL, Trois discours sur la condition des Grands et six liasses extraites des Pensées (83)

PLATON, La République — Livres 6 et 7 (76)

PLATON, Le Banquet (109)

PLATON, Apologie de Socrate (124)

PLATON, Criton ([illegible])

Jean-Jacques ROUSSEAU, Discours sur l'origine et les fondements de l'inégalité parmi les hommes (182)

Baruch SPINOZA, Lettres sur le mal — Correspondance avec Blyenbergh (80)

Alexis de TOCQUEVILLE, De la démocratie en Amérique — « Introduction », chapitres 6 et 7 de la deuxième partie » (97)

Simone WEIL, [illegible], extrait de L'Enracinement ([illegible])

Ludwig WITTGENSTEIN, Conférence sur l'éthique (131)

Composition Nord Compo
Impression Novoprint
à Barcelone, le 5 août 2014
Dépôt légal : août 2014
1er dépôt légal dans la collection : juin 2013

ISBN 978-2-07-045426-6./Imprimé en Espagne.

276519